Peter Bachér

Für Hoffnung ist es nie zu spät

Peter Bachér

Für Hoffnung
ist es nie zu spät

Langen*Müller*

Besuchen Sie uns im Internet unter
www.langen-mueller-verlag.de

© 2009 by Langen*Müller* in der
F. A. Herbig Verlagsbuchhandlung GmbH, München
Alle Rechte vorbehalten
Umschlaggestaltung: Wolfgang Heinzel
Umschlagmotiv: gettyimages, München
Satz: VerlagsService Dr. Helmut Neuberger
& Karl Schaumann GmbH, Heimstetten
Gesetzt aus der 11,5/14 Punkt GaramondBQ
Druck und Binden: GGP Media GmbH, Pößneck
Printed in Germany
ISBN 978-3-7844-3187-1

Der Himmel hat den Menschen als Gegengewicht
zu den vielen Mühseligkeiten des Lebens drei Dinge
gegeben: die Hoffnung, den Schlaf und das Lachen.

Immanuel Kant

Die Hoffnung ist der Regenbogen über
den herabstürzenden Bach des Lebens.

Friedrich Nietzsche

Es gibt kaum hoffnungslose Situationen,
solange man sie nicht als solche akzeptiert.

Willy Brandt

Inhalt

Vorwort 11

Wenn man seinen guten,
alten Arzt verliert ... 13

Aus dem Lehrbuch eines weltberühmten
Arztes: »Folgen Sie der leisen Stimme
Ihrer Seele« 16

Die Angst vor dem »Doppler« 19

Erkenntnis nach einem Infarkt:
Man muss nicht immer
die Trompete blasen 22

Bitte, bitte nicht auflegen 26

Wenn Ärzte ihre Patienten
verlassen müssen 29

»Wenn ich hier rauskomme,
mache ich in Zukunft alles anders« 33

Da wusste sie plötzlich,
dass sie wirkliche Freunde hatte 36

Ein kluger Arzt ist das höchste Glück 40

Das kleine Wunder Gips 44

Wenn die Sonne nur noch von der Seite
in das Leben scheint 47

»Herr Doktor, ich lasse meine Frau
in der Klinik, aber ich will
sie wiederhaben!« 49

»Wir operieren auch nachts –
während andere schlafen« 52

»Helfen, einfach nur helfen« 57

Plötzlich brennt kein Licht
in seinem Fenster 61

Im Krankenhaus denken viele Besucher
beim Kommen schon ans Gehen 64

»An den menschlichen Beziehungen
ist das Arzttum das Königliche« 67

So ein Virus kann ganz heilsam sein 74

Und plötzlich ist das Zimmer leer 76

»Mein Arzt sagte zu mir:
›In vier Wochen sind Sie tot‹« 78

Das vergessene Taschentuch 84

»Schmerzen – das sind Signale,
die uns etwas sagen wollen« 87

Vor der Operation – ein Tag
im Niemandsland 93

Ein Brief mit schwarzem Rand 96

In der Trauer zeigen sich
die wahren Freunde 99

Morgens, sieben Uhr – Südeingang … 102

Verzeihung, ich war sehr in Eile 105

Im Wartezimmer: Zeit, mal über
sich selbst nachzudenken 107

Die Trauer ist der einzige Trost 111

Minuten der Veränderung 114

Kein Anschluss unter dieser Nummer 117

Gefällt wie vom Blitz
aus heiterem Himmel 120

Das alljährliche Herbsttheater:
Wenn Männer erkältet sind … 123

Plötzlich ist es zum Reden zu spät 126

Ungewöhnliches Telefonat mit einem Arzt 129

Wann überschreiten wir
die Grenze zum Alter? 132

Verloren in der Suche
nach dem Sinn des Lebens 136

Ein Augenblick, da ich mich
hätte melden müssen 139

Schlaf ist der Mantel,
der alle Sorgen zudeckt 143

Traurigkeit gehört auch zum Leben 147

Es fällt schwer, mit den späten Jahren
klug umzugehen 150

Gegen Grippe Whiskey trinken –
bis man zwei Hüte sieht 153

Geständnisse eines studierten
Hypochonders 157

Vorwort

Als mich die Chefredaktion der »Welt am Sonntag« vor Jahren bat, in Deutschland prominente Ärzte zu besuchen, die an vorderster Front gegen Krankheit, menschliches Leid und Tod kämpfen, da konnte ich nicht ahnen, wie sehr mich diese intensiven Gespräche beeinflussen – und auch verändern würden.

Beispielsweise, wenn ein Hamburger Chefarzt mir gesteht, dass er mit dem pessimistischen Zeitgeist nicht zurechtkommt, der den medizinischen Fortschritt negiert. Und er erinnert mich mit leidenschaftlichen Worten daran, dass es ein Leben mit achtzig in Gesundheit und Freude vor noch nicht allzu langer Zeit doch nur in ganz seltenen Ausnahmen gab und dass wir gut daran tun, ein bisschen dankbarer und demütiger zu sein.

Oder ich denke an eine unvergessliche Begegnung mit einem Chirurgen in Garmisch-Partenkirchen, der als junger Mann dem Tod geweiht war – die Diagnose eines Kollegen lautete »unheilbar, in vier Wochen sind Sie tot« – und der heute sogar hundertjährigen Patienten eine neue Hüfte einsetzt. Wenn je der Satz »Für Hoffnung ist es nie

11

zu spät« seine Berechtigung hat, dann spiegelt sie sich in dem Schicksal dieses Mannes.

Von diesen und anderen Begegnungen berichte ich in diesem Buch, das wohl mein wichtigstes Buch geworden ist, weil es von dem Wichtigsten handelt, was unser aller Leben stützt und trägt: die Liebe, das Vertrauen – und die Hoffnung. Ohne diese drei ist ein vollkommenes Erdenglück nicht möglich. Schon an den Überschriften zu den einzelnen Texten erkennen Sie, dass wir uns in diesem Buch den existentiellen Fragen zuwenden, deren Tiefenwirkung wir alle hin und wieder – spätestens im Wartezimmer eines Arztes – selbst erlebt haben.

Ich weiß, dass ich in meinem langen Journalistenleben das Glück hatte, mit hochinteressanten Menschen zu sprechen, mit Spitzenpolitikern, mit Film- und Fernsehstars, mit Frauen und Männern, die in der Welt der Wirtschaft und Finanzen großen Einfluss haben, mit Intendanten und Staranwälten. Doch nichts hat mich mehr berührt als die vielen Gespräche mit den vielen Menschen, die wissen, wie es in unserer Seele und in unserem Körper ausschaut, wenn es wirklich einmal um Leben und Tod geht. Ich danke für diese Gespräche und dafür, dass ich darüber authentisch schreiben konnte, um diese Erfahrungen und Einblicke an meine Leser weiterzugeben.

Wenn man seinen guten, alten Arzt verliert …

Nein, das kann doch nicht wahr sein! Das war doch so außerhalb jeder Möglichkeit, dass ich mich für einen Augenblick wie gelähmt fühlte …

Denn was mir mein Arzt eben, während er die Manschette zum Blutdruckmessen an meinem Arm anbrachte, so beiläufig sagte, das traf mich wie ein Hammerschlag: »Es ist gut, dass Sie jetzt noch gekommen sind, ich schließe nämlich in einem Monat meine Praxis.«

Da stand ich, mit blankem Oberkörper, in seinem Sprechstundenzimmer, in das ich seit Jahrzehnten immer mal wieder reinschaute, um den Check-up zu absolvieren, und ein Gefühl der Verlassenheit überfiel mich.

»Das können Sie mir doch nicht antun«, hörte ich mich nun sagen – eine ganz spontane Äußerung, für die ich mich schon in der Sekunde schämte, da ich sie aussprach. Der totale Egoismus des Patienten, da war er in seiner ganzen hässlichen Pracht.

Ich war gar nicht auf den Gedanken gekommen, ihn zu fragen, was ihn zu diesem für mich »grausamen Entschluss« getrieben hatte. Die

Gründe nannte er mir vielmehr unaufgefordert: Seine Frau habe ihn daran erinnert, dass er ja jetzt 65 werden würde, dass das Leben nicht nur aus Patienten bestehe, dass es so viel Schönes nachzuholen gäbe – Reisen, Bücher, Musik. Und wenn auch die Medizin seine Passion sei, so habe seine Frau doch wohl auch recht, nicht wahr?

Er zögerte einen Augenblick, ehe er leise hinzufügte: »Glauben Sie mir, es kostet sehr viel Kraft, sich ständig um kranke Menschen zu kümmern.« Und dann, etwas zornig: »Und der Papierkrieg mit den Kassen, der gab mir den Rest.«

Ich schaute ihn an, erinnerte mich an die erste Untersuchung vor drei Jahrzehnten, als er etwas an meiner Leber entdeckt hatte, was anderen Kollegen zuvor nie aufgefallen war, und was von Stund an mein absolutes Vertrauen zu ihm begründete.

Wenn ich unterwegs war, konnte ich ihn aus allen Teilen der Welt anrufen. Er stellte Ferndiagnosen, die immer stimmten. Er kannte schließlich nicht nur meinen Körper, auch meine Seele.

Angesichts meiner Bedrücktheit begann er nun, seine Rolle in meinem Leben herunterzuspielen: Es gäbe ja noch viele andere Ärzte, er könne mir auch einen »tüchtigen Kollegen« empfehlen, ein paar Hundert Meter weiter nur – wie konnte ihm dieser Fehler passieren, da er doch nebenbei ein so guter Psychologe war?

Denn was ist ein Arzt, wenn er gut ist, für den Patienten? Er ist eigentlich nicht ersetzbar. Er ist Schutzengel und Beichtvater. Er gibt der Seele Halt. Er ist der Wächter der Gesundheit. Etwas Magisches ist im Spiel, wenn sich eine Beziehung langsam aufgebaut hat, die beim Rezepteschreiben nicht endet. Es gibt Menschen, von denen man sich einfach nicht vorstellen kann, dass sie jemals aufhören – er gehörte dazu. Und – dass man als Patient gekündigt werden kann, daran hatte ich nie gedacht.

Können Sie nun verstehen, Herr Doktor, wie verloren ich mich fühlen werde, wenn ich in ein paar Wochen an Ihrem Haus vorbeigehe und Ihr Namensschild nicht mehr an der Tür sein wird?

Aus dem Lehrbuch eines weltberühmten Arztes: »Folgen Sie der leisen Stimme Ihrer Seele«

Lieber Freund, es lag viel Traurigkeit in Ihrer Stimme, als wir gestern miteinander telefonierten. Alle Ihre Silvesterhoffnungen hätten sich nicht erfüllt, es sei Ihnen nicht gelungen, dem Alltag eine andere Wendung zu geben, hin zu mehr Ruhe und Leichtigkeit und dem Gefühl der Sinnerfüllung all dessen, was Sie so in Trab hält.

Der Alltag heute sei so »unbarmherzig wie eh« und der Job in der Firma drohe, Sie aufzufressen, wie Sie sagten, und das nicht nur zeitlich, und »die Seele käme zu kurz«, das sagten Sie auch noch.

Lassen Sie mich Ihnen deshalb eine Geschichte erzählen, die besser als jede theoretische Abhandlung deutlich macht, was ich Ihnen wünsche. Sie handelt von einem Mann, der in seiner Kindheit von nichts anderem träumte als davon, eines Tages auf der Bühne eines Konzerthauses zu stehen, ganz der Musik hingegeben, umjubelt und gefeiert.

Aber die Eltern hatten ihr Kind gezwungen, Jura zu studieren. Statt Noten gab es Paragrafen, trockenes Zeug. Nichts, woran sich der Junge erwärmen konnte. Er sollte vor allem eines: dem elterlichen Stolz genügen. Und so geschah es.

Doch dann kam eines Tages der Schock: Ärzte entdeckten bei dem jungen Anwalt einen Gehirntumor. Die Diagnose war eindeutig – inoperabel, voraussichtliche Lebenszeit: noch ein Jahr.

Noch am selben Tag schloss der junge Mann seine Praxis. Er hatte nichts mehr zu verlieren außer sein Leben. »Ich werde das Jahr, das mir nun noch bleibt, nur noch damit verbringen, mit meiner geliebten Geige zu spielen.« Er sagte es jedem, der es hören wollte, auch seinen Eltern, die ihn in das zutiefst ungeliebte Leben eines Juristen hineingepresst hatten.

Und nach einigen Monaten geschah das Wunder: Der dem Tod geweihte Mann wurde Mitglied eines Orchesters – und der Tumor verschwand, ohne jedes ärztliche Zutun, einfach so und auf unerklärliche geheimnisvolle Weise.

Es ist der berühmte amerikanische Krebsarzt Dr. Bernie Siegel, der in seinem Bestseller »Mit der Seele heilen« über diesen Fall aus seiner Praxis berichtet. Und der Dozent der Yale University zieht auch das Fazit: Der Patient hatte sich selbst spät – aber Gott sei Dank nicht zu spät – jene »bedingungslose Liebe« gegeben, die ihm seine Eltern nicht zukommen ließen, ohne die aber kein Mensch leben und Gefährdungen dauerhaft mit Erfolg bewältigen kann.

Wir sind, lieber Freund, mit diesem Fall aus der Klinik-Praxis bei der Seele angekommen, von der

17

Sie ganz spontan, sicher auch unüberlegt, aber durchaus richtig meinten, sie käme in Ihrem Leben zu kurz. Stress frisst die Seele auf, könnte ich salopp sagen.

Und in der Tat beobachten wir in diesen Tagen: Die Geschwindigkeit, mit der wir vom Silvester-Olymp gestoßen werden hinab in die Niederungen des Alltags, hat etwas Unbarmherziges an sich. All die Wünsche, die geheimen Sehnsüchte, auch die guten Vorsätze, die wir aller Erfahrung zum Trotz uns vorgenommen haben, verflüchtigen sich. Es ist so, als hätte es sie nie gegeben.

Was folgt, ist Katerstimmung. Alltagstrott. Mühseliges Hickhack. Mobbing. Kompetenzgerangel. Eine oft erschreckende Lieblosigkeit. Das Entsetzen darüber, dass das neue Jahr nicht anders ist als das alte Jahr. Nur die Ziffern haben sich im Spiel des Lebens verändert.

Ich wünsche Ihnen, lieber Freund, dass Sie sich noch einmal zurückerinnern, welche Wünsche in Ihnen aufstiegen, als das Jahr wechselte. Und dieser leisen Stimme sollten Sie folgen, so weit es irgend geht. Das Seelische darf einfach nicht zu kurz kommen, denn was hülfe es dem Menschen, so er die ganze Welt gewänne und nähme doch Schaden an seiner Seele? Wir haben es alle in der Bibel gelesen, aber leider vergessen.

Die Angst vor dem »Doppler«

Hinterher fiel mir die schöne Geschichte von Karl Valentin ein, der eines Tages zum Arzt ging und ihn mit Worten überfiel, die den ganzen Jammer eines kranken Menschen widerspiegeln:

»Herr Doktor, mein Magen tut weh, die Leber ist geschwollen, die Füße wollen nicht so recht, die Kopfschmerzen hören nicht auf, und wenn ich von mir selbst reden darf: Ich fühle mich auch nicht wohl.«

In einer ähnlichen Stimmung, wenn auch nicht mit solchen Symptomen, suchte ich den Doktor auf, die Untersuchung nahm ihren Lauf, das Wichtigste wurde sofort erledigt, »nur bei einer Sache müssen wir noch genauer nachschauen«, sagte mein Arzt. Kein schöner Satz.

Er bat über die Sprechanlage die Helferin, dass sie mir für morgen einen Termin geben möge, »dann machen wir noch den Doppler«.

Ich zuckte kurz zusammen, denn vom »Doppler« hatte ich, ein mittelmäßig gebildeter Hypochonder, noch nichts gehört. Ich fühlte nur: Doppler klingt seltsam, Doppler ist nichts Einfaches, sicher etwas doppelt Gemoppeltes.

Zu Hause angekommen, stürzte ich mich auf eines meiner Gesundheitsbücher, schlug unter dem Buchstaben D nach – und konnte eine leichte Enttäuschung nicht verhehlen.

Denn beim Doppler handelte es sich um nichts anderes als um ein Gerät, mit dessen Hilfe Engstellen im Adersystem aufgespürt werden können – die Erfindung eines Wiener Physikers gleichen Namens.

Der Patient in mir, der nach der Doppler-Offerte kurzzeitig gedacht hatte, ein ganz exklusiver Patient zu sein, musste nun erkennen, dass es mit einem simplen Ultraschallgerät durchaus schon sein Bewenden hatte.

Aber da der Arzt nebenbei von der Möglichkeit einer leichten Hypertonie gesprochen hatte, blätterte ich weiter, suchte das entsprechende Stichwort – und ein Schwall von Angst überfiel mich.

Über dreißig Seiten wurden in dem Lexikon, das doch auf Kürze angelegt ist, meinem möglichen Leiden gewidmet: Bluthochdruck in schwerer Ausprägung könne die letzte Station vor einem Herzinfarkt sein.

Nun gab es kein Halten mehr. Ich verschlang jede Zeile. Erst neugierig, dann mit Widerwillen, schließlich mit Entsetzen.

Die Lektüre glich einer Achterbahnfahrt. Erst die Furcht: wegen der Zigaretten; dann ein Hoffnungsschimmer, weil ich nur selten Kaffee trinke;

dann das total schlechte Gewissen: zu wenig Bewegung und kaum Sport; dann plötzlich eine unglaubliche Sicherheit wegen meiner guten Cholesterinwerte; dann Angst: wegen meiner Un-sitte, alles nachzusalzen, das sei von allen Übeln eines der schlimmsten.

Am Schluss der Hypertonie-Horrorschau gab es doch noch einen Bonbon: Sollten Vater und Mutter keinen Herzinfarkt erlitten haben, stün-den meine Chancen wieder etwas besser.

Ja, ja, die guten alten Gene, wozu die nicht doch noch nütze sind.

Bei dieser aufwühlenden Lektüre hatte ich nicht gemerkt, dass meine Frau ins Zimmer getreten war. »Du siehst so verwirrt aus, fühlst du dich nicht gut?«

»Du wirst lachen, ich fühle mich wirklich mise-rabel, was ich lese, macht mich total krank.«

»Ich glaube, du musst wirklich zum Arzt, du liest zu viel über Dinge, von denen du nichts ver-stehst«, sagte sie und verschwand.

Dabei wollte ich doch eigentlich nur wissen, was es mit dem »Doppler« auf sich hat.

Erkenntnis nach einem Infarkt: Man muss nicht immer die Trompete blasen

Seltsam, es war ausgerechnet ihr Chef, der ihr geraten hatte, mal alles fallen zu lassen, abzuschalten. »Nehmen Sie mal zwei Wochen Urlaub.« Sie glaubte, ihren Ohren nicht zu trauen, da sie sich doch für unentbehrlich hielt, gerade jetzt, da die Kollektion in den Verkauf ging. Mailand, Paris, Rom hatte sie hinter sich, Kontakte müssen gepflegt werden. Immer nur lächeln, und das Orderbuch immer dabei.

Acht, neun Jahre ging das nun schon so. Wenn die junge Frau sich morgens im Spiegel sah, hielt sie sich immer noch für attraktiv – sechsunddreißig, bestes Alter, da hat man »Power«, Durchsetzungsvermögen, da ist auch ein Blitzbesuch in New York nichts anderes als »business as usual«. Erfolg heißt die Melodie, alles andere kann warten. Und die Jahre? Die Jahre eilen dahin.

Auch ihr Freund, ein eher stiller, in sich gekehrter Typ – ihr »Lebenszeitpartner«, wie man heute gerne sagt –, hatte Mühe, in ihrem Terminkalender einen Platz für sich zu finden. »Du siehst, wie schwer es ist, dazwischen noch eine Lücke zu finden«, sagte sie mit einem Anflug von Hochmut, wie sie heute weiß – und lachte. Bis dann … Bis dann der Sturz ins Schwarze kam. Sie klappte im Büro zusammen. So wie ein Taschenmesser zuklappt.

Dann ging alles blitzschnell: erst Notarzt, dann Notaufnahme, dann im Krankenhaus ein Zwei-Tage-Check. »Nichts Schlimmes«, sagte der Doktor endlich – welch eine Erleichterung nach der Angstpartie –, aber eine Pause täte ihr sicher gut. Und so ist sie nun auf Anraten des Arztes und ihres Chefs alleine unterwegs mit dem Schiff, das sie aus dem Fernsehen kennt, dem »Traumschiff«.

Zugleich geschieht etwas Traumhaftes. Sie überdenkt zum ersten Mal ihr Leben. Holt sich in der Schiffsbibliothek all die Bücher, in denen Lebensweisheit versammelt ist – Goethe, Nietzsche, Erich Fromm, Dale Carnegie. Sogar einen Band »Deutsche Gedichte« nimmt sie mit. Sie taucht tief ein in fremde Welten, die sich nur im Lesen offenbaren. Vor allem Biografien faszinieren sie. Wie andere Menschen ihr Leben steuern, wie sie Höhenflüge meistern, Abstürze überstehen und Niederlagen verhindern, das alles interessiert sie brennend.

Denn insgeheim weiß sie seit jenem Augenblick, da der Notarzt ihr fast väterlich-freundlich zuflüsterte: »Sie haben sich wohl etwas zu sehr übernommen«, dass sie den Grenzbereich des Lebens erreicht hat und berufliche Erfolge alleine nicht mehr zählen.

Und dann kam der Augenblick, da sie ausgerechnet in dem kleinen schmalen Gedichtband ein paar Verse von Theodor Storm las, die sie zuvor noch nie gehört hatte und die in jenen wilden Aufbaujahren ihrer steilen Karriere auch niemals die Chance gehabt hätten, ihre Seele zu erreichen. Diese Verse lauten:

Wir können auch die Trompete blasen
Und schmettern weithin durch das Land.
Doch schreiten wir lieber in Maientagen,
Wenn die Primeln blühn und die Drosseln
schlagen,
Still sinnend an des Baches Rand.

Der Pfeil der Erkenntnis hatte sie getroffen. Sie notierte sich diese Verse. Sie spürte: Diese Zeilen des Mannes aus Husum, der »grauen Stadt am Meer«, waren der Lockruf einer anderen Welt, die es neben ihrer lauten erfolgsgierigen Welt auch noch gibt: die Welt der Stille und des » In-sich-Hineinhörens«.

Sie wusste plötzlich, dass sie nur in dieser ihr bisher eher fremden Welt die Gesundung finden konnte. Und sie setzte sich an den Schreibtisch und schrieb ihrem »Lebenszeitpartner« in einem Fax, dass sie sich auf das Wiedersehen freuen würde und auf die langen Spaziergänge mit ihm in Travemünde an der Ostsee am Brodtener Steilufer.

Und im Stillen dachte sie für sich: Nie hätte ich geglaubt, dass ein kleines Gedicht genügt, um die simple Wahrheit zu erkennen, die da lautet: Man muss ja nun wirklich nicht in totaler Selbstüberschätzung pausenlos und Tag für Tag die Trompete blasen ...

Bitte, bitte nicht auflegen

Der alte Herr war in seinen tiefsten Tiefen ganz jung. Seine Neugier auf diese Welt, die Menschen und die Ereignisse, die uns alle bedrängen und verändern, blieb ungebrochen. Er wollte nicht, dass etwas verloren ging, was ihm von anderen zugedacht war, weshalb er auf seinen Anrufbeantworter einen Text gesprochen hatte, den ich nie vergessen werde.

Dieser Text besagte, dass er sich über den Anruf freue, dass man »bitte, bitte nicht auflegen« möge, nur weil er im Augenblick nicht selbst am Apparat sein könne. Vielmehr bat er fast flehentlich darum, nach dem Piepton Namen und Telefonnummer auf das Band zu sprechen, er würde unbedingt zurückrufen; »versprochen ist versprochen«, das sagte er auch noch.

Weil seine Botschaft sehr viel länger dauerte als allgemein üblich – manche blaffen ja nur ein »Bin nicht da, rufen Sie bitte wieder an« –, kam ich manchmal in die Versuchung, den Hörer aufzulegen. Aber ich tat es nicht.

Denn seine Stimme hatte etwas so Suggestives, dass ich es einfach nicht wagte, seine Ansage abzuschalten. Vielmehr hielt ich geduldig aus, denn sein »Bitte, bitte nicht auflegen« signalisierte mir: Er wollte nichts von dem verlieren, was menschliches Leben ausmacht – die menschliche Begegnung, und sei es auch nur eine Begegnung per Telefon.

Er war überhaupt ein »großer Telefonierer . Das ist nicht jeder von uns, nicht jeder kann seine Empfindungen so spontan und unverfälscht über den Draht schicken, wie es die großen Telefonierer können, zu denen er ganz ohne Zweifel gehörte.

Es begann schon damit, dass er sekundenschnell spürte, in welcher inneren Verfassung derjenige sich gerade befand, der sich da meldete – war er heiter oder traurig, melancholisch oder fröhlich?

Und dann brachte er sofort das Gespräch in jene Tonlage, die gerade vonnöten war. Und immer stellte er sofort Fragen, die mir zeigten: Er interessiert sich für dich. Wer tut das heute noch? Wer will wissen, wie es dir wirklich geht?

Deshalb habe ich nach dem Piepton auch immer wenigstens eine kurze Information über mich gegeben, damit er, wenn er zurückrief – was er auch immer tat, denn »versprochen ist versprochen« –, schon vorher wusste, wie es um mich bestellt ist.

Ich sagte schon, dass mein Freund ein alter Herr war, so über die achtzig, aber das war mehr eine

Sache des Kalenders. Nur manchmal schimmerte das Alter durch, wenn er ganz tief in den Keller seiner Erfahrungen stieg: Erster Weltkrieg, Inflation, Diktatur, Zweiter Weltkrieg – aber er holte dann keine verstaubten Requisiten hervor, sondern verwandelte seine Erlebnisse in Erfahrungen, die er ebenso einfach wie kunstvoll in Beziehung setzte zu dem, was heute um uns herum und – schlimmer noch! – mit uns passiert.

Dieses intellektuelle Verknüpfen lag ihm so im Blut, dass er sogar bei Telefonaten nicht darauf verzichtete; es gab kein telefonisches Blabla, nur weil es ein Telefonat war.

Vor ein paar Tagen nun schloss er in einem Krankenhaus für immer die Augen. Ich rief sofort bei seiner Frau an, vergebens. Sie war schon unterwegs zu den Behörden und zum Beerdigungsinstitut. Aber sein Band lief noch immer, als sei nichts geschehen. Ich möge »bitte, bitte nicht auflegen«, hörte ich, und er würde unbedingt zurückrufen, »versprochen ist versprochen«, die alte vertraute Melodie.

Diesmal habe ich den Piepton nicht abgewartet. Das kleine technische Wunderding mit der Stimme des toten Freundes erschien mir plötzlich seelenlos und grausam, obwohl es mir doch all die Jahre seine Zuneigung und damit ein Stück Welt erschlossen hatte.

Wenn Ärzte ihre Patienten verlassen müssen

Sie geht die Treppen langsamer, viel langsamer als sonst hinauf in ihre kleine Wohnung. Ihr Junge, so um die vierzehn, hat Tomaten aufgeschnitten und Mozzarella besorgt. Er weiß, wenn Mutter heimkommt, muss es etwas »ganz Leichtes« geben, etwas, was schmeckt. Eigentlich ist ihr schon längst der Appetit vergangen. Denn die Frau, die sich spät am Abend müde und abgekämpft in ihre Wohnung schleppt, ist Ärztin, genauer: Hausärztin, noch genauer: eine Ärztin für alle Fälle.

Aber sie will nicht mehr: »Ich kapituliere«, sagt sie, als ich sie im Treppenhaus frage, wie es heute in der Praxis gegangen sei. »Fürchterlich«, sagt sie, um dann kurz innezuhalten, erschrocken über ihre Selbstdiagnose, die so gar nicht zu dem Ethos passt, das sie immer noch in sich spürt, seit sie vor dreißig Jahren in den Beruf ging, der ihre Berufung war.

Denn bei diesem fürchterlichen Wort »fürchterlich« wird ihr plötzlich und sehr deutlich klar: Ihre Leidenschaft zu helfen ist wie ein niedergebranntes Feuer. Jetzt ist da nur noch ein bisschen Glut – und eine große Traurigkeit. »Ich

29

werde meine Patienten verlassen müssen, das
schmerzt, das tut so verdammt weh, das können
Sie gar nicht ermessen.« Und dann weiter: »Wissen
Sie, was doppelt schlimm ist? Es sind meist
sehr alte Menschen, viele sind einsam und hilflos,
ohne Beziehungen, ohne Geld, ohne Macht,
Rentnerinnen und Rentner zuhauf, sie haben sich
an mich gewöhnt, es ist ja fast eine Liebesbeziehung,
die mich mit ihnen verbindet ...«

Die Ärztin, so um die fünfzig, unterbricht sich
selbst. »Liebesbeziehung?« Sie denkt noch einmal
darüber nach. »Ja, das Böse ist: Die Patienten werden
mich vermissen und ich werde die Patienten
vermissen, und doch muss die Trennung sein,
noch drei, vier Monate in diesem Tempo und ich
falle tot um.«

Ganz so dramatisch werde es hoffentlich nicht
werden, sage ich nun aufmunternd. Die automatische
Flurbeleuchtung ist erloschen. Ich sehe, wie
plötzlich ihre Augen funkeln. »Ich will Ihnen mal
was sagen: Ihr Journalisten solltet mal nur einen
einzigen Tag an meiner Seite sein. Nur einen Tag!
Mit in die Altenheime gehen. Das Elend der Hilflosigkeit
spüren. Das Flehen nach wirkungsvolleren
Medikamenten. Und dann lernen Sie auch
meine Ohnmacht bezüglich des Budgets kennen.
Die Kassen erwürgen mich. Es gibt über 250 Kassen
hierzulande. Alle haben Büros, Dienstwagen
für die Chefs, aufgeblähte Bürokratie, und ich als

letztes Glied in der Kette stelle nur fest: Von diesen Kassen kommt immer weniger Geld in meine
eigene Kasse.«

Jetzt nennt die Ärztin Fakten, harte Zahlen:
»Wenn ich zu einem Hausbesuch gerufen werde,
gibt es brutto 16 Euro. Aber nicht gleich. Das Geld
kommt quartalsweise. Punkte werden vergeben.
Zurzeit liegen sie bei knapp drei Cent, und
nun kommt das Ungeheuerliche: Wir wurden er-
mahnt, weniger Patienten zu behandeln, dann
könnte der Punktwert wieder steigen. Sie machen
sich überhaupt keine Vorstellung, wie wir von
einer allmächtig gewordenen Staatsmedizin behandelt werden. Vor allem wir Hausärzte sind …«,
sie sucht das passende Wort und findet es: »… wir
sind die Frontschweine der Medizin. Wie die
Landser im Krieg, immer ganz vorne, da wo die
Granaten pfeifen. Kommen Sie mit nach oben,
dann zeige ich Ihnen ein aktuelles und besonders
irrsinniges Beispiel von der Bürokratie: ein Formular, das ich ausfüllen und einschicken muss,
um damit ein weiteres Formular zu erbitten, mit
dem ich Reha-Leistungen abrufen kann. Und nun
frage ich Sie: Ist ein solcher Papierkrieg nicht zer-
mürbend, ja sogar demütigend?«

Unser Gespräch ging mir tagelang nicht aus
dem Sinn. Ich erinnerte mich an die Begeiste-
rungsfähigkeit, mit der meine Nachbarin all die
Jahre in ihre Praxis fuhr – lang, lang ist es her. »Das

Arzttum ist das Letzte und Schönste und Größte an Beziehungen von Mensch zu Mensch, es ist das Königliche.« Ferdinand Sauerbruch, der große Chirurg aus der Berliner Charité, hat das einmal gesagt. Und auch das ist lange her.

Eine jüngere Ärztin, eine Kollegin meiner Nachbarin, hat inzwischen die Flucht nach England angetreten, »dort wird man als Mediziner mit offenen Armen empfangen« – aber sie selbst findet den Absprung nicht, über fünfzig, schon zu spät. »Ist es nicht absurd, dass ich jetzt selbst Hilfe brauche, wo ich doch immer nur anderen Menschen helfen wollte?« Sie sagte diesen Satz ganz leise, aber er klang wie ein Hilfeschrei.

»Wenn ich hier rauskomme,
mache ich in Zukunft alles anders«

Der Schmerz kam nach Mitternacht und urplötzlich. Er hatte sich nicht angekündigt. Es war nicht so, dass der Schmerz schon ein paar Signale im Vorfeld ausgesandt hätte, sozusagen als Ouvertüre, bevor er dramatisch die Bühne betrat. Nein, dieser Schmerz, der so anders und neu war, nicht zu verwechseln mit den alten Bekannten – mal hier ein Stich, mal da ein Ziehen –, kam mit brutaler Macht.

Der Schmerz kam zu mir, auch das hatte ich noch nicht erlebt, im tiefsten Schlaf. Er kam, das stellte ich erst später fest, als ich nach der Attacke die Lampe angeknipst hatte, um Punkt zwei Uhr.

Der Schmerz dauerte etwa eine Minute. Genaueres kann ich nicht sagen, denn er raubte mir sekundenweise den Verstand, der allein das Geschehen hätte kontrollieren und protokollieren können.

Eineinhalb Stunden später wird mich eine Ärztin fragen: »War das so eine Art Vernichtungsschmerz?« Und ich werde sofort »Ja« sagen, ohne nachzudenken.

Als die Attacke, von der ich den Eindruck hatte, dass sie mir nach dem Leben trachtete, ihren

Höhepunkt erreichte, dachte ich: »Das war's denn.« Wenig später: »Wenn ich bloß hier rauskomme, mache ich in Zukunft alles anders.« Was man so denkt, wenn man überhaupt denkt. Es ist wohl eher so, dass *es* in einem denkt.

In der folgenden Stunde lief ich durch die Wohnung, pendelte nervös zwischen Schlaf- und Wohnzimmer, holte mir ein Aspirin, scheute mich, wieder den Schlaf zu suchen, aus Angst, einer zweiten Attacke hilflos ausgesetzt zu sein.

Als interessierter Laie blätterte ich in Gesundheitsbüchern und versuchte das Kreuzworträtsel meines Körpers zu lösen – waagerecht die Symptome und senkrecht die Medikation, und was immer ich da las, es war ein Horror!

Nachts um drei nach einem solchen Schmerz! – sollte man solche Bücher nicht lesen. Mir blieb nach der Lektüre nur eines übrig: schnellstens zum Arzt.

So fuhr ich ins Klinikum, suchte durch lange Korridore das Zimmer der Notaufnahme, wartete auf eine Ärztin, die noch einen anderen Patienten zu versorgen hatte, der sich vor Schmerzen krümmte. Angesichts eines solchen akuten Leidens fühlte ich mich schon wieder leichtgewichtig.

Und als ich dann der Ärztin schließlich gegenüberstand, schämte ich mich: Übertreibe doch nicht! Was machst du hier? Kannst du nicht bis morgen warten? Ein Stakkato von Gedanken rund um die unerträgliche Schwere des Seins.

Dann kamen Fiebermessen, EKG, Blutdruck, das kleine Einmaleins. Und es war wie ein Schnellverband für die erschrockene Seele, als die Ärztin schließlich sagte, es dürfte nichts Schlimmes sein, der Hausarzt sollte nur noch einiges abklären, anderes ausschließen.

Als ich gegen halb fünf in der Frühe durch menschenleere Straßen nach Hause fuhr, über dem offenen Schiebedach ein blassblauer morgenfrischer Himmel, der Wind drückte eine Brise herrlichster Luft in den Wagen, wie es sie in dieser Stadt den ganzen Tag über nicht mehr geben wird – da hätte ich gerne noch einmal der Ärztin gedankt, die so blass und übernächtigt für mich da war.

Denn dass uns jemand nachts unsere Schmerzen und Ängste nimmt, das halten wir mit unserer Vollkaskomentalität zwar alle für ganz selbstverständlich, es ist es aber nicht.

Da wusste sie plötzlich,
dass sie wirkliche Freunde hatte

Sie hatte beschlossen, niemandem etwas davon zu erzählen, dass sie nun für ein paar Tage in die Klinik musste, ein kleiner Eingriff, »es wird schon gut gehen«, niemand sollte mit ihr leiden, sich um sie bemühen, um sie gar zittern, sie wollte es mit sich selbst abmachen, diese Operation, diese unvermeidliche Operation, die zwar nach den Lehrbüchern der Schulmedizin nicht gefährlich sein sollte, aber sagen nicht selbst Ärzte, wenn sie abends in privater Offenheit von ihrem Beruf erzählen, dass eine Operation immer eine Operation ist, und das Weitere möge sich jeder selber denken …

Die junge Frau hielt ihr Schweigen auch durch. Das Telefon zu Hause war auf Anrufbeantworter geschaltet. Den Freunden fiel zunächst nichts auf, die Frau war oft auf Reisen, da hatte man schon Glück, wenn man sie am Apparat persönlich erreichte: »Ach, dich gibt's auch noch«, hieß es dann.

Dieses »Aus-der-Welt-Sein«, zu dem sie sich entschlossen hatte, dauerte genau fünf Tage, bis hinein in einen Sonntag, da ihr Mann zu Hause einer vorüberziehenden depressiven Stimmung nachhing, als ihn ein Anruf eines Freundes erreichte und er auf seine Frage: »Wie geht es deiner besseren Hälfte?« von der Klinik erzählte, von der Operation, von dem Tanz auf dem Drahtseil, das die Medizin spannt, »und es ist Gott sei Dank noch mal gut gegangen«.

Er hatte die Bitte seiner Frau nach Verschwiegenheit für einen Augenblick vergessen, er hatte ihr Geheimnis verraten, er hielt es aber auch nicht mehr für angebracht, länger zu verheimlichen, was ja keine Schande ist – ist Krankheit nicht Schicksal? Und wer kann schon etwas für sein Schicksal, wenigstens in dem Teil des Lebens, da Schicksal wirkliches Schicksal und nicht etwa Leichtsinn, Dummheit oder Hochmut ist.

»Wie konntest du das für dich behalten?«, blaffte ihn sein Freund an. »Ich verstehe euch nicht, deine Frau in der Klinik, du alleine zu Haus, und du meldest dich nicht. Man kann deiner Frau keine Blumen schicken, keine Genesungswünsche und dir nicht einen deiner dummen einsamen Abende mit einer Einladung verschönern, ja, sag mal, sind wir denn keine Freunde mehr? Womit haben wir denn das verdient?«

In den folgenden Tagen machte die Nachricht von der Operation der Frau die Runde im Freundeskreis, und es hagelte Vorwürfe: So könne man doch nicht miteinander umgehen, diese selbst gewählte Isolation käme einer Bankrotterklärung gleich, zur Freundschaft gehöre doch, dass man nicht nur die fröhlichen Stunden miteinander teile, sondern auch die schweren Stunden. »Irgendwie schade, dieses Versteckspiel.«

Das Paar, das sich eingekapselt hatte, um anderen nicht zur Last zu fallen, um nicht Mitleid zu mobilisieren, sah sich plötzlich von einer Mauer umstellt.

Zu den telefonischen freundschaftlichen Beteuerungen (»Mir hättest du doch etwas erzählen können«; »haben wir nicht ein Recht, zu erfahren, wenn ihr Probleme habt?«) kamen noch eine Handvoll Briefe, die die Frau zu Hause vorfand.

»Wir müssen etwas unternehmen«, sagte ihr Mann, als sie abends die Erfahrungen der vergangenen Wochen durchsprachen. »Wir müssen unseren Freunden begreiflich machen, dass wir sie nicht mit allem, was mit Krankheit und Krankenhaus zusammenhängt, behelligen wollten – eigentlich doch ein Zeichen wahrer Zuneigung und Freundschaft.« Und so begann die Frau, reihum ihre Freundinnen und Freunde anzurufen.

Und was soll ich berichten? Es gelang ihr nicht! Es gelang ihr nicht ganz. Alle sagten, diesmal wollen wir noch Gnade vor Recht ergehen lassen, das nächste Mal aber gibst du Bescheid, wenn es dir schlecht geht.

Da ging ihr ein Licht auf, das sie bis dahin nicht gesehen hatte: Sie wusste plötzlich, dass sie wirkliche Freunde um sich hatte, die nicht nur auf den Zeiger der Sonnenuhr schauen, sondern die auch den dumpfen Schlag des Uhrwerks hören wollen, wenn sich die Zeiger einmal in Richtung Krankheit, Not und Schicksal stellen.

Ein kluger Arzt ist das höchste Glück

Jedes Jahr nehmen sich in Deutschland bis zu zweihundert Ärzte das Leben, weil sie am Ende ihrer Kräfte sind. Diese Meldung schreckte mich auf und machte mir blitzartig klar: Ich habe einen ganz tollen Arzt. Ich habe nämlich einen Arzt, der seinen Patienten in einem Rundbrief mitteilte: Es tut mir leid, dass Sie zwei Monate auf mich verzichten müssen, aber ich erfülle mir endlich einen Jugendtraum und radle mit einem Freund in Richtung Süden; ganz zünftig mit Zelt und Decke und nichts im Kopf außer der unbändigen Sehnsucht nach Sonne, Süden, Freiheit. Ich radele quer durch Frankreich und Spanien gen Gibraltar und erst am Affenfelsen mache ich Schluss. Dann komme ich zurück »und bin hoffentlich gut gestärkt für Sie wieder da«.

Im ersten Augenblick dachte ich: Wie kann mir der Arzt meines jahrzehntelangen Vertrauens das antun! Ist nicht gerade die Allgegenwart das erste und beste Kennzeichen eines Arztes: Hier ist mein Schmerz, da ist die Hilfe. Und zwar sofort! Ein paar Extrasystolen, und schon werde ich ans EKG angeschlossen. Und wenn die Fiebersäule in die Vierziger schießt, steht er auch schon am Krankenbett – und sein Erscheinen weckt verborgene Kräfte und die Heilung beginnt. Dabei ist so viel Magie im Spiel, so viel von dem, was bei den Banken verloren gegangen und bei guten Ärzten gut aufgehoben ist – das Vertrauen in ihre Kunst und Fähigkeiten.

Mein Arzt hat zwanzig Jahre an einem Stück durchgearbeitet, wachte eines Morgens auf und dachte: Mensch, du bist um die sechzig, da zählt nicht mehr nur der Stunden-, da zählt schon der Minutenzeiger. Du hast Tag für Tag Menschen gesehen, die Schmerzen haben, die Lebensangst haben, die sich vor dem Alter fürchten, die Hilfe erbitten, erflehen, erbetteln; du hast immer von deiner Lebenskraft abgegeben. Jetzt wird es Zeit, die eigene Batterie wieder aufzuladen – und sich einen Traum zu erfüllen: mit dem Rad der Sonne entgegen.

Mein Arzt ist kein 22-Sekunden-Doktor, wie ihn amerikanische Forscher jetzt beschrieben haben; also Ärzte, die sich im Durchschnitt höchstens 22 Sekunden lang die Leidensgeschichte der Patienten anhören, um die Story dann abzuwürgen. Nach dem Motto: Time is money. Mein Arzt nimmt sich Zeit, er kennt nicht nur meinen Körper, sondern auch meine Seele. Damit kennt er sogar mehr als ich, denn für mich ist meine Seele immer noch die geheimnisvollste Zone.

»Die Grenze der Seele wirst du nicht finden, auch wenn du alle Wege durchwanderst, so tiefen Grund hat sie«, schrieb Heraklit vor weit über zweitausend Jahren. Der weise Philosoph hatte lange über das ewige Werden und Vergehen nachgedacht – und über die »widerspenstige Harmonie des Seins«, der ich gern mit grünen, blauen, rosa Tabletten den Stachel nehme. Mein radelnder Arzt sorgte immer dafür, dass ich nicht übertreibe, »wir beginnen mal mit der halben Dosis« sagte er oft und lächelte.

Wenn man einen solchen Arzt hat, ist man reich. Man kann sonst allerlei auf der Naht haben – ein pralles widerstandsfähiges Depot, eine Ferienwohnung in St. Tropez, ein First-Class-Ticket zu Traumzielen oder gar eine Luxuskabine auf dem »Traumschiff«. Aber wenn man keinen guten Arzt hat, dann ist man doch nur ein »armes Mensch«, wie mein ungarischer Freund gern sagt. Er ist ein Hypochonder wie ich.

Und darum finde ich toll, dass mein toller Arzt mal auf Zeit »ausgestiegen« ist. Es ist doch erschreckend und zugleich tieftraurig, dass bei Ärzten in Deutschland der Selbstmord die häufigste unnatürliche Todesursache ist; bei Ärztinnen ist die Suizidrate im Vergleich zur weiblichen Allgemeinbevölkerung sogar viermal höher. Natürlich gibt es auch andere Berufe mit einem hohen Stressfaktor, beispielsweise Lehrer, aber die bringen sich

42

nicht um, sondern lassen sich frühzeitig pensionieren. Ärzte stellen dagegen hohe Anforderungen an die eigene Person, wollen unfehlbar sein. »Sich selbst zu behandeln passt nicht ins Selbstbild des Arztes«, sagen Psychologen.

Ich gebe zu: Ich bin gespannt, meinen alten neuen Arzt nach seinem Abenteuer wiederzusehen. Wie werden seine Augen, die so viel Schönes gesehen haben, auf mich blicken, auf meine wintermüde Gestalt mit weißer Haut? Wird er noch mehr Geduld aufbringen, wenn es darum geht, die Dosis der Blutdrucksenker neu zu justieren? Ich muss an Robert Lembke denken, den Altmeister des Aphorismus aus frühen Fernsehtagen: »Solange unser Arzt uns etwas verbietet, ist alles in Ordnung. Ernst wird die Lage, wenn er uns plötzlich alles erlaubt.«

Vielleicht aber sagt mein toller, mein radelnder Doktor auch nur zu mir: »Sie sollten sich auch mal in den Sattel schwingen, junger Freund, Bewegung ist nämlich – fast – alles.«

Das kleine Wunder Gips

Das kleine Wunder begann mit einem Stolpern, einem Schmerz, einem Gipsverband – und mit der Art und Weise, wie die Menschen rundum auf meinen plötzlich geschienten Arm reagieren.

Da ist der Taxifahrer, der trotz hupendem Verkehr aus dem Auto springt, um mir die Tür zu öffnen; da ist ein junger Mann, der mir mehrere Päckchen zu einem Paket zusammenpackt, »damit Sie nur einmal tragen müssen«, da ist eine alte Dame, die einen Arzt weiß, der solche Ärgernisse angeblich blitzgeschwind heilen kann; da ist mein kleiner Sohn, der seinem Vater einen Gutenachtkuss gibt, der um Bruchteile länger dauert als sonst üblich.

Kurzum: Eine Welle von Anteilnahme, von Hilfe und Mitgefühl kam mir entgegen. Ich gestehe: Ich war verwirrt von so viel unerwarteter Güte. Ich sprach mit Freunden über dieses kleine Alltagswunder. Auch sie wussten plötzlich Beispiele zu erzählen, denen allerdings allen eines gemeinsam war. Der Schmerz war von außen zu erkennen. Wie es drinnen aussieht, geht niemand was an – dieser Vers gilt noch immer, man könnte ihn ergänzen: Vor den seelischen Verwundungen, die ja viel häufiger sind, stehen wir fast immer mit leeren Händen, weil wir nichts von ihnen wissen. Für Einsamkeit gibt es keinen Streckverband, für verlorene Liebe kein Krankenhaus, für Demütigungen keine Wartezimmer.

Ein Psychiater erklärte mir Aggressionen im Straßenverkehr damit, dass ja jeder Autofahrer für sich ganz alleine im Blechkäfig sitze, unfähig, mit anderen zu sprechen. Könnte aber ein »rücksichtsloser Raser« den anderen Autofahrern signalisieren, dass er eigentlich in die Klinik müsse, weil beispielsweise seiner Frau plötzlich eine lebensgefährliche Operation bevorstehe – sie würden ihm freiwillig den Weg räumen. Aber da er sich nicht mitteilen kann, halten ihn die anderen für rücksichtslos.

So wie hier geht es auf den Straßen unseres ganzen Lebens zu. Weil seelische Verwundungen geheim bleiben, bleibt auch das Mitgefühl aus. Aber das kleine Wunder mit meinem Gips hat mir gezeigt: Die Welt rundum ist freundlicher, als ich dachte.

Die Lehre aus alldem! Wir sollten lernen, die verschlüsselten Botschaften zu erspüren. Die Einsamkeit in der Menge. Die Traurigkeit im Lächeln. Die Hilflosigkeit in einer zur Schau gestellten Sieghaftigkeit. Wir alle, die wir auf der Reise durch dieses Leben sind, haben verschiedene Wege und Ziele. Überfordern wir uns ohne Not nicht gegenseitig. Der Dichter Antoine de St. Exupéry schrieb es auf: »Wenn ich einen Hinkenden zu Tisch lade, bitte ich ihn, sich zu setzen, und verlange nicht von ihm, dass er tanze.«

Wenn die Sonne nur noch
von der Seite in das Leben scheint

Vielleicht war es nur ein Zufall, vielleicht die Vorsaison, gleichviel: In jenem bayerischen Wirtshaus am Tegernsee, in dem ich mein Abendessen einnehmen wollte, sah ich ringsum nur ältere Leute. So kann man zwar keine Geschichte beginnen, aber so ist es nun einmal gewesen. Das einzige junge Paar verließ gerade den Raum, als ich kam – auch dieses sicher ein Zufall. So saß ich – selbst Anfang fünfzig – inmitten der Alten und hatte Zeit, in Ruhe zu beobachten.

Und ich sah: Die Gesichter der Menschen sind nicht wie Uhren, man kann in ihnen die Zeit nicht genau ablesen. Dass Falten alt machen, ist eine Erfindung. Der Mann mir gegenüber hat sicher alle Falten der Welt in sich vereinigt, Siege, Niederlagen erlebt, aber wie begeistert er seine Hände kreisen lässt, wenn er spricht – dagegen wirken manche dreißigjährige Glattgesichter müde, verbraucht, steinalt.

Alte Frauen sind demütig. Sie bestellen nach ihrem Mann, und doch ist alles ein Irrtum: In Wahrheit sind sie nur glücklich, wenn er glücklich ist, und er ist nur glücklich, wenn er zuerst bestellt, denn das ist immer so gewesen, zehn, zwanzig, dreißig Jahre lang, Fehler binden aneinander mehr als Freuden, und so sagt er: »Für mich den Jägerbraten – und für meine Frau ...« Und die Frau lächelt still: Was ist denn in diesem Augenblick auch schon wirklich wichtig?

Alte Leute können unglaublich lange schweigen. Da drüben: Ein Mann und eine Frau sitzen schon eine kleine Ewigkeit beieinander und sagen nichts. Ein lang gelebtes Leben erlaubt die Verständigung in Kürzeln. Sieh da, wie die alte Frau plötzlich ihre kleine Hand in seine große Hand hineinlegt, hineindreht, hineinmogelt – welches Wort trifft diese schnelle Zärtlichkeit genau?

Natürlich wissen alle hier im Saal um den sanften Abstieg, haben sie alle Höhen hinter sich, die Sonne fällt nur noch von der Seite in ihr Leben. Und doch war eine seltsam anrührende, fast fröhliche Stimmung in dem Raum. Vielleicht lag es daran, dass überhaupt nichts da war von dem »Schaut-mal-her-wie-fabelhaft-ich-bin-Getue«, das wir, so um die gefährlichen fünfzig, gerne so dreist, so ungemütlich um uns verbreiten.

Dafür gab es jene nachdenkliche Dankbarkeit, die heute so kostbar ist. Und dies alles bei Menschen, die nicht den endlosen Horizont vor sich sehen, sondern harte Grenzmarkierungen. Ich habe mit den Alten nicht gesprochen. Aber als ich ging, glaubte ich, doch einiges verstanden zu haben.

»Herr Doktor, ich lasse meine Frau in der Klinik, aber ich will sie wiederhaben!«

Lieber Herr Doktor, ich gehe jetzt und lasse meine Frau bei Ihnen in der Klinik zurück. Ich winke ihr im Korridor noch einmal zu. Sie nickt kurz, sie ist matt und müde. Ihr Blick wendet sich dann abrupt ab. Wir haben uns doch alles gesagt, sagt dieser Blick. Nimm es nicht so schwer.

So sind die Frauen: Sie wird morgen früh operiert, aber sie tröstet mich, der ich nach Hause gehen kann. Sie hat die Schmerzen – und wünscht mir, »sei bloß nicht traurig, es wird schon alles werden«.

Sie sagt »Es wird schon alles werden« und nicht »Es wird schon alles gut«. Sie hat also auch das Gefühl, dass uns diesmal das Schicksal einen härteren Brocken in den Weg gelegt hat.

Herr Doktor, ohnmächtig wie jetzt habe ich mich schon lange nicht mehr gefühlt! Meine Frau in Ihrer Hand. Ich machtlos. Operation morgen sieben Uhr. Ich warte ab neun auf den Anruf aus der Klinik. Zwei Stunden Zitterpartie.

Wissen Sie, was ich auf der Heimfahrt in die trostlos leere Wohnung gedacht habe? Dass das ganze Gerede von der »Partnerschaft« zwischen

Arzt und Patient plötzlich nichts anderes ist als eine Floskel. Gut für Funktionäre. Für Leitartikel in Zeitungen. In Prospekten der Krankenkassen.

Die Wahrheit ist: Die Gewichte auf der Waage des Lebens verschieben sich, in dieser Situation ist der Arzt der König, der Patient ihm anheimgegeben. Und ich als Angehöriger bin es auch.

Sie haben mir einmal gesagt, »Operieren sei auch nur ein Handwerk«. Damit wollten Sie Ihre Leistung herunterspielen. Die Bescheidenheit ehrt Sie. Aber ich weiß: Ein falscher Schnitt, der eine lebenswichtige Nervenbahn zerstört, und das Leben meiner Frau wird zur endlosen Qual.

Gleichwohl, wir vertrauen Ihnen hundertprozentig, Herr Doktor! Das gibt es im Zusammenleben der Menschen heute nur höchst selten: hundertprozentig! Da gibt es keine Ausflüchte. Und die Formulare »Sie sind damit einverstanden, dass ...«, die wir vor der Operation unterschrieben haben, bedeuten nichts. Wir unterschreiben in unserer totalen Hilflosigkeit alles.

Ich glaube seit meiner Kindheit an die Magie guter Ärzte. Meine Mutter lag 1936 in Berlin mit schweren Nierenkoliken in ihrem Zimmer. Ihre Schreie hörte ich schon von weit her, als ich aus der Schule kam. Unvergessen diese Schmerzensschreie, deren Hallton man noch nach Jahrzehnten hört.

Damals huschte plötzlich ein kleiner Herr in unser Haus, Sekunden später Stille – es war wie Zauberei! Der Arzt trug meine Mutter zusammen mit einem Chauffeur in sein Auto. Später erfuhr ich, ein berühmter Professor mit Namen Sauerbruch, ein Freund meines Vaters, hatte meine Mutter sofort mitgenommen. Er hatte nicht gesagt: »Da schicken wir einen Krankenwagen vorbei«, nein, er nahm sie sofort mit, operierte sie, sofort – seither ist mein Glaube an die Macht der Ärzte tief verwurzelt.

Lieber Herr Doktor, ich gehe fort und lasse meine Frau bei Ihnen. Aber: Ich will sie wiederhaben. Ich wünsche mir, dass Ihr Skalpell, mit sicherer Hand geführt, ihr Heilung bringt. Nicht nur meine Frau legt ihr Schicksal in Ihre Hände, auch meines ist dort. Ihre Verantwortung ist riesenriesengroß.

Darum verstehe ich überhaupt nicht, dass Ärzte immer noch von bürokratischen Monstern in Papierkriege verwickelt werden, in Formularen ersticken, in Kliniken als junge Mediziner ausgepresst werden wie Zitronen – und dass man auf diese Weise das zerstört, was der berühmte Arzt aus der Berliner Charité das Letzte und Schönste und Größte an den Beziehungen von Mensch zu Mensch, das »Königliche« genannt hat.

»Wir operieren auch nachts – während andere schlafen«

Professor Dr. Roland Tauber, Hamburger Chefarzt für Urologie, beobachtet ein stetig steigendes Anspruchsdenken bei den Patienten, die übersehen, dass früher ein Leben in Gesundheit mit achtzig eher eine Ausnahme war.

Sieben Uhr morgens. Weiße Kittel huschen über die Korridore. Treffen der Ärzte in Hamburgs ältester Klinik St. Georg.

Backsteingebäude. 85 Jahre alt. Kunst an den Wänden der Korridore, ein Hobby des Klinikchefs: die Welt der schönen Bilder für seine Patienten.

»Wir starten in aller Frühe, während sich viele Menschen noch mal im Bett umdrehen. Wir sind rund um die Uhr da, auch nachts. Aber wen interessiert das, wenn über uns Ärzte lamentiert wird, zum Beispiel bei der zähen Debatte über die Gesundheitsreform, die nicht von der Stelle kommt?«, fragte Professor Roland Tauber. Es klingt bitter.

Ein Stapel Papiere liegt vor ihm. Jedes Blatt ein Schicksal. Krankengeschichten in Stichworten, die Therapie in Kürzeln. Alles Chiffren, hinter denen sich in dramatischen Fällen Entscheidungen über Leben und Tod verbergen.

Über 1200 Kranke gehen so jährlich durch die urologischen Stationen. Jeder stationäre Fall wird im Kollegium besprochen. »Wir Ärzte bilden ein Team. Wir sind aufeinander eingespielt. Jeder Kollege muss von jedem Patienten alles wissen. Es ist wie beim Reißverschluss, wo ein Zacken in den anderen greift, sonst klappt es nicht.«

Nach der Beratung im Kollegium nimmt mich Professor Tauber mit in sein Arbeitszimmer. Ein winziger, spartanisch eingerichteter Raum; kein Behördenleiter wäre damit zufrieden.

»Ich dachte bisher, ein Chefarzt würde ...«

»Wir sind hier nicht im Fernsehen oder Kino«, unterbricht mich der Klinikchef. Ich hatte schon in der knappen halben Stunde bei dem Ärzte-Kollegium gemerkt: Professor Tauber liebt Klartext. Also frage ich: »Ein ganzes Leben gewidmet den ableitenden Harnwegen – ist das Ihr Jugendtraum gewesen?« Die Antwort kommt schnell – und deutlich.

»Ich komme aus einer Arztfamilie. Vater, Großvater, Onkel, alles Ärzte. Ich habe schon als Kind sonntags Telefondienst geschoben. Ich war bei Hausbesuchen dabei. Ich kenne die Welt der Ärzte und der Kranken, seit ich denken kann.«

»Und Sie lieben diese Welt?«

»Was heißt hier lieben? Ich bin in ihr zu Hause! Und wenn Sie einem Mann einen Blasentumor entfernen können und er geht zwei Wochen später geheilt heim, dann ist das doch für den Operateur ein Erlebnis.«

»Wenn alle Ärzte so leidenschaftlich Ärzte wären ...«

»Sie sind es oder doch zumindest die meisten. Glauben Sie mir: Wir haben in Deutschland ein hohes Niveau in der Medizin, das wird bei den oft kleinlichen Diskussionen gerne übersehen. Wenn sich etwas in den letzten Jahren geändert hat, dann ist es die Anspruchsmentalität der Patienten, die zugenommen hat.«

»Die Patienten wissen durch die Medien besser Bescheid, ohne gleich Hypochonder zu sein – ist es das, was Sie meinen?«

»Ja, wir haben es heute in der Tat mit dem aufgeklärten Patienten zu tun – und das ist im Prinzip gut. Aber früher waren die Menschen eher bereit, auch mal Nackenschläge hinzunehmen. Das ist jetzt anders. Es gibt Patienten, die einfach nicht damit fertig werden, dass das Alter sie einholt, dass sie erschöpft sind und müde und dass ...«

»... das Leben endlich ist.«

»Genau! Und so entwickelt sich bei immer mehr Patienten eine Reise- und Abfrage-Mentalität. Man holt sich drei, vier Meinungen ein. Man reist von Doktor zu Doktor. Man sucht heute auch Informationen im Internet. Das ist die eine Seite. Die andere, die bessere Seite ist die, dass es immer noch ein großes Vertrauen gibt. Wenn ich

Patienten auf die Risiken einer Operation hinweisen will, winken sie oft schon ab und sagen: Schreiben Sie hin, was Sie wollen, Herr Doktor, ich habe keine andere Möglichkeit. Wer einen Krebs hat, muss und sollte schnell handeln. Und in einer solchen Situation gilt dann: Der Patient muss sich vorübergehend vertrauensvoll in die Hand des Arztes begeben.«

»Warum sind Sie gerade Urologe geworden, wo liegt die Faszination?«

Professor Tauber lehnt sich zurück und lacht, als wollte er mir bedeuten: Fehlt nur noch, dass Sie mich fragen, ob die Niere eine Seele hat. »Die Urologie entspricht meiner Mentalität. Ich wollte immer einen Beruf ausüben, bei dem rasche Entscheidungen gefragt sind. Das ist bei mir der Fall. Ich kann durch eine Operation an die Krankheit direkt herangehen. Auch wenn eine Operation schon mal sechs Stunden dauert, ich sehe den Erfolg sofort.«

Und dann kommt Professor Tauber ins Schwärmen, als gäbe es nichts Schöneres als dieses: das »offene Operieren«, bei dem einem Kranken der Bauch aufgeschnitten wird, um einen Tumor zu entfernen.

»Wenn einen Patienten, dem man beispielsweise eine neue Blase eingesetzt hat, später bei der Nachuntersuchung nur noch die Frage beschäftigt, ob er beim Schlittschuhlaufen auf der zugefrorenen Alster noch Pirouetten drehen darf, dann ist das für den Arzt eine tolle Befriedigung.«

Und nun erzählt er den alten Medizinerwitz, der da lautet: »Der Internist weiß alles und macht nichts; der Chirurg kann alles, weiß aber nichts; und der Pathologe weiß alles, aber es nützt nichts mehr.«

Er hat diesen Schnack sicher schon hundertmal erzählt, aber er kann immer wieder darüber lachen. Ein bisschen Spaß muss sein – wie wäre der Tag inmitten von Menschen, die sich oft vor Schmerzen krümmen, die schnellste Hilfe suchen, sonst zu überstehen?

Professor Tauber liebt die Herausforderungen des Tages. Überstunden sind für ihn kein Thema. »Und Ihre Frau, was sagt sie dazu?« Seine Antwort kommt lachend: »Meine Frau ist auch Ärztin und auch meine zwei Söhne Roland und Stephan sind Mediziner, kein Problem an der Familienfront also.«

»Worunter leiden Sie, wenn Sie dann überhaupt leiden?«

»Hin und wieder unter dem pessimistischen Zeitgeist, der auch die Fortschritte negiert – die es gerade bei der Medizin gibt. Ein Leben mit 80 in Gesundheit und Freude, das gab es vor ein paar Jahrhunderten doch nur in Ausnahmen! Wir Menschen sollten uns öfter auf die Dankbarkeit besinnen.«

»Helfen, einfach nur helfen«

Dr. Marita Eisenmann-Klein, Chefärztin für Plastische Chirur-
gie in Regensburg, ist oft die letzte Hoffnung für ihre Patienten.
Trotz jahrelanger Erfahrung ist eine solche Situation »auch
immer ein seelischer Schmerz für mich«.

Ich betrete das St.-Josef-Krankenhaus in Regensburg nicht als Patient. Und doch gibt es in dem
Augenblick, da ich die Tür öffne, die zur Chefärztin führt, jene Veränderung, die ich immer spüre,
sobald ich in eine Klinik komme, und diese Veränderung hat einen Namen: Hochachtung. Hochachtung und die verloren geglaubte Erkenntnis,
dass sich hier alles relativiert; dass das vermeintlich Wichtige da draußen im Leben in diesen Räumen plötzlich ganz unwichtig geworden ist.

»Wenn Sie erklären müssen, was am nächsten
Morgen passiert, wenn eine Patientin zum Beispiel Brustkrebs hat«, sagt die Frau im weißen Kittel zu mir, »dann ist das ein seelischer Schmerz
auch für mich – können Sie das verstehen?«

Frau Dr. Marita Eisenmann-Klein erwartet keine Antwort. Sie schaut mich nur lange mit einem
tiefen Blick an, der schon so viel menschliches
Leid und Elend gesehen hat: Kinder, deren Haut
verbrüht ist, Männer, von einem Auto- oder Mo-

torradunfall grausam entstellt, und immer wieder Frauen, die ihr Leben in die Balance bringen wollen, weil sie unter ihrem Aussehen leiden. Und dann vor allem jene Patientinnen, die mit der Diagnose Krebs zu ihr in die Praxis kommen.

»Es gibt leichtere Berufe, ein angenehmeres Leben als das, was Sie sich erwählt haben.«

»Das mag sein, aber ob es ein sinnvolleres Leben gibt, das frage ich mich dann doch. Ich war sechzehn Jahre alt, als ich in Rosenheim zusammen mit meiner Großmutter meine geliebte Tante gepflegt habe. Schon damals hatte ich den Wunsch, helfen zu können, einfach nur helfen, aber ich war mir nicht sicher, ob ich das auch wirklich durchhalten kann.«

»Welche Fähigkeit ist in Ihrem Beruf die wichtigste?«

»Selbstkritik, aber das gilt für alle Chirurgen. Wir müssen schnell entscheiden können, müssen Entscheidungen notfalls innerhalb von Sekunden anders treffen, wir müssen, zumindest in meinem Fach, ein ästhetisches Empfinden haben – und wir müssen genau zuhören können, was die Patienten wünschen und wollen.«

»Gibt es Situationen, dass Sie beispielsweise einer Frau, die eine neue Nase wünscht, die Operation verweigern?«

»Ja, wenn das Risiko voraussichtlich in keinem Verhältnis zur erhofften Wirkung steht.«

Nun sprechen wir über den »neuen Patienten«, der sich aufgeklärt gibt, der durch die Medien informierter ist, als es in früheren Zeiten üblich war, der auch seinen Respekt vor den »Göttern in Weiß« längst auf Normalmaß heruntergefahren hat. »Gibt es für Sie da Probleme?«

»Überhaupt nicht. Ich sage immer zum Einstieg in eine Behandlung zu meinen Patienten: Sie werden von mir die ganze Wahrheit erfahren, und zwar Sie als Erster und Sie ganz allein, es sei denn, Sie wollen sie nicht hören. Ich dränge mich da nicht auf, ich biete das nur an.«

Der schöne Nebeneffekt: Seit Frau Dr. Eisenmann-Klein so verfährt, ist die Zahl der Prozesse mit enttäuschten Patienten, die es natürlich auch gibt, drastisch gesunken.

»Aber die Wahrheit ist natürlich auch: Wir machen Gesunde erst einmal krank, ehe sie sich nachher besser fühlen. Das ist eine völlig andere Ausgangssituation als in jedem anderen Bereich der Medizin.«

»Und das Erfolgserlebnis?«

»Wenn die Patienten zur Nachuntersuchung kommen und sagen: Bei jedem Blick in den Spiegel denke ich an Sie, Frau Doktor, mein Leben hat sich verändert, ich kann Ihnen gar nicht sagen, wie viel besser ich mich fühle, wie glücklich ich bin.«

Freimütig gibt Frau Dr. Eisenmann-Klein zu, dass sie nicht genug Kraft hätte, wenn zwanzig

Krebspatienten auf einer Station liegen würden, aber vier, fünf, das geht.

Auf meine letzte Frage, ob sie nicht auch ein bisschen stolz sei, mit ihren Erfahrungen und ihrem Einsatz den Kranken helfen zu können, kommt eine verblüffende Antwort.

»Stolz?« Frau Dr. Eisenmann-Klein zögert. »Stolz war ich, als ich bei einem Kongress in Yokohama hörte, wie der Schwiegersohn des japanischen Kaisers von seinem Schicksal berichtete, als er behutsam schilderte, dass er nach einem Kehlkopfkrebs nicht zu uns würde sprechen können, wenn nicht ein Arzt ihm seine Stimmbänder rekonstruiert hätte. Ja, das war für mich ein bewegender Augenblick, denn er zeigte mir, was wir Ärzte in unserem Fach für fantastische Möglichkeiten haben.«

Plötzlich brennt kein Licht
in seinem Fenster

Nun also brennt kein Licht mehr in der Wohnung vierter Stock oben links. Nun ist dort alles dunkel, die Fenster sehen aus wie Wunden in dem Haus, das so hell erleuchtet im Park auf Besucher wartet – doch nur wenige Menschen kommen. Der Abend geht schon über in die Nacht, keine Zeit für flüchtige Gäste.

Ich bin in den letzten Tagen immer wieder an dem Haus vorbeigegangen, ich habe die Fenster beobachtet, die im vierten Stock oben links liegen – es war dort immer Dunkelheit: Er ist also noch im Krankenhaus! In den Monaten zuvor war dort allabendlich Licht, ich sah es, wenn ich noch einmal meine Runden drehte, um frische Luft zu suchen, die mir tagsüber so fehlte. Nun war es dort dunkel und ich wusste: Die Krankheit hatte ihn noch nicht verlassen.

Der Mann, von dem ich hier berichte, ist nicht mein Freund, ist nicht mit mir verwandt und nicht verschwägert, ist nur mein Nachbar, aber mit ein paar Gesprächen, einigen Gedanken, die ich nun nicht mehr genau beschreiben kann, hatte er mich an sich gezogen, bin ich auf ihn zugegangen – wer weiß das schon so genau? Kein Wunder also, dass ich nun in Sorge war.

Denn nun ist es schon der zehnte Tag, dass in seinem Zimmer kein Licht erschien. Ich weiß nicht, ob irgendjemand seine Blumen, die stets so verschwenderisch in seinem Zimmer standen, mit Wasser versorgt; aber ich denke, er wird jemanden gefunden haben. Was ist da noch zu betreuen in der Wohnung eines Mannes, der plötzlich ins Krankenhaus eingewiesen wird? Denn sicher ist er nicht von der Natur, die sich selber in die Klinik begibt, da muss schon jemand kommen und ihm befehlen: Nun ist genug herumlaboriert, nun hilft kein Selbstbetrug mehr, nun müssen die Ärzte ran.

Seltsames Gefühl, diese dunklen Fenster! Diese Scheiben, hinter denen sonst das Licht immer bis weit nach Mitternacht brannte, weil er unermüdlich lesen konnte, manchmal sogar ein Buch pro Nacht – er hatte ein eigenes Schnellverfahren. Ein Mann rund um die fünfzig, der längst die Weisheit des Lebens erkannt hat, die darin besteht: zu geben, nicht zu nehmen. Ich habe es erlebt: Immer, wenn er mich auf der Straße zufällig traf, mich manchmal sogar in seine Wohnung bat, hörte ich ihm zu; und was viel erstaunlicher war: Er vermochte mir zuzuhören.

Soeben denke ich, dass es ja nur wenige Gespräche gewesen sind, die mich mit diesem Mann in eine Beziehung gebracht hätten: etwas Politik, ein bisschen Alltägliches, ein paar Tipps für Reiseziele: »Sie waren noch nicht in Jerusalem, mein Freund, dann können Sie alle anderen Reisen vergessen.« Empfehlungen, Ratschläge, Unverbindliches, das bindet.

Und ich fühlte, nun selbst zu Hause angekommen, wie zerbrechlich doch alle Beziehungen sind. Wie viele Worte so oft ungesagt bleiben, weil man sich nicht traut, weil man keine Zeit hat, weil man doch immer glaubt, auch morgen noch hingehen zu können.

Es ist schon ein Kreuz mit so einem dunklen Fenster, das vor ein paar Tagen noch allabendlich erleuchtet war.

Im Krankenhaus denken viele Besucher beim Kommen schon ans Gehen

Da stehen sie plötzlich im Zimmer, die Verwandten, die guten Freunde, die Kollegen. Einige klopfen an, wie es sich gehört, andere treten sofort ein, wie sie es gewohnt sind, als seien sie nicht in einer Klinik, sondern im Büro, drei Zimmer weiter, um nur eine schnelle »Info« über den Zustand nach der Operation einzuholen.

»Gut siehst du aus, alter Junge!« Ja, der Besucher sagt wirklich, dass ich gut aussehe. Was ist das nun: ein Mutmachen, die Wahrheit oder nur ein Trost aus dem Reagenzglas der Gefühle?

Ich selbst habe mich jedenfalls noch vor zehn Minuten im Spiegel des Badezimmers ganz anders gesehen.

Dieses Aufeinanderprallen von draußen und drinnen ist vor allem in den ersten Tagen kaum auszuhalten, besonders dann nicht, wenn eine Besucherin eine schnelle Joggingrunde im Stadtpark – »fünfundvierzig stramme Minuten« – mit dem Besuch am Krankenbett kombiniert, weil »Terminkoordination« zu ihrem Job als Chefsekretärin gehört. Da wird auch der Klinikbesuch gleich mit »abgehakt«.

Während sie noch aus allen Poren der gebräunten Haut dampft und ihre Augen funkeln, liegst du elend, bleich, schwach und weiß wie ein Laken da, bekleidet mit einem hellgrünen Hemd, eine Farbe, die du privat nie trägst und die alles schlimmer erscheinen lässt, als es ohnehin schon ist – vier Tage nach dem Meisterstück der Chirurgen.

Die Gespräche, die am Krankenbett ablaufen, sind meist so oberflächlich wie im normalen Leben auch, obwohl sie doch eine ganz andere, den Sinn des Lebens und vielleicht sogar der Krankheit berührende Tiefe haben müssten.

Denn wenn nicht hier und jetzt, wo dann könnte man sich besser einschwingen in die wirklich existenziellen Fragen unseres Daseins?

Stattdessen geht es um andere Dinge: Ob mir das Fernsehen gefallen hätte; ob mir das Essen schmecken würde; was es kostet, ein Telefon am Bett zu haben, und so weiter, und so weiter. Kinkerlitzchen angesichts einer soeben zurückgewonnenen Unversehrtheit.

Einer sagt, die Fahrt in die Klinik sei »grausam« gewesen, und um nicht in die Rushhour zu kommen, müsse er auch gleich wieder aufbrechen. Ich möge nicht böse sein, Verständnis haben.

Im Krankenhaus gibt es zu viele Besucher, die beim Kommen schon vom Gehen reden.

Nun weiß ich aus eigener Erfahrung, dass solche Besuche in jedem Fall schwierig sind. Der plötzliche Blick in die Welt der Schmerzen, das Leid in fremden Gesichtern auf den Korridoren, all die Bahren, die Spritzen, die Infusionen, die Verbände, all diese Dinge sind plötzlich vor deinen Augen und erinnern dich nur an eines: an die Brüchigkeit des Lebens.

Theoretisch kannst auch du schon morgen hier liegen, es muss ja nur ein Verrückter auf der Gegenfahrbahn die Beherrschung über sein Auto verlieren …

Deshalb habe ich allen, die anfragten, ob sie mich besuchen dürften, bestellen lassen, das sei »wirklich nicht nötig«.

Aber eines habe ich in den langen Tagen dann doch lernen müssen: Noch belastender als jeder Besuch – einschließlich der vor Gesundheit strotzenden Joggerin – wäre es, wenn du feststellen müsstest, dass kein Mensch von draußen zu dir kommt und etwas von dir wissen will.

»An den menschlichen Beziehungen ist das Arzttum das Königliche«

Dr. Roland Hetzer, Chef des Deutschen Herzzentrums, hat Tausende von Herzen transplantiert, sogar bei Säuglingen. »Das Herz ist das einzige Organ, das ständig in Bewegung ist, es führt ein Eigenleben, es ist wie ein zweites Individuum.«

Drei Uhr mittags. Ich betrete das Gebäude des Deutschen Herzzentrums in Berlin. Ein pompöser Bau. Kaiser Wilhelm II. rief 1906 bei der Besichtigung aus: »Dies ist keine Klinik, dies ist ja ein Schloss.«

Aber ein Schloss, das wie kein anderes alles gesehen hat: die Triumphe einer fantastischen Medizin, aber auch Niederlagen im Kampf gegen den Herzinfarkt. Hier sind die Experten versammelt, die sich in den Herzen der Menschen auskennen. Neunzig Ärzte alleine in der Chirurgie. Sieben Operationssäle und fünfzig Betten in den Intensivstationen. Über 1200 Herztransplantationen in den letzten zehn Jahren.

Im Flur, beim Aufstieg zum ersten Stock, sehe ich zwei Männer. Sie sind in ein Gespräch vertieft. Der Arzt hat den Kopf gesenkt, hört zu. Vor ihm ein junger Mann in jener demütigen Haltung, die jeder Mensch annimmt, wenn er auf eine schicksalhafte Entscheidung wartet.

Ich bleibe im Schatten einer Säule stehen. Will nicht stören. Spüre, dass über Leben und Tod gesprochen wird. Der junge Mann hängt an den Lippen des Professors. Jede Silbe ist ihm wichtig. Später erfahre ich, dass es bei einem Baby, dem ein Herz transplantiert worden ist, eine unvorhergesehene Komplikation gegeben hat. Dass der junge Vater um das Leben seines Kindes bangt.

»In einem solchen Fall muss man sich einfach alle Zeit der Welt für ein Gespräch nehmen«, sagt Professor Roland Hetzer. »Entschuldigen Sie, dass ich Sie deshalb warten ließ.«

Es braucht keine solche Entschuldigung! Nicht bei einem Arzt, der mit seiner Kunst kranken Menschen Schmerzen nimmt und ihnen Lebensjahre schenkt.

»Wir haben in unserer Klinik die größte Zahl weltweit, wenn es um die Anwendung künstlicher Herzen bei Patienten geht.« Professor Hetzer sagt dies, als ob er einen Kontoauszug vorliest.

Die erste Transplantation in seiner Klinik gab es im Frühjahr 1986 bei einem 43-jährigen Mann, der an einer schweren Herzmuskelerkrankung litt.

»Wie lange dauerte damals der Eingriff?«

»Drei Stunden. Für eine solch schwere Operation war das eher eine kurze Zeitspanne.«

»Und das Spenderherz?«

»Das kam damals, wie unser Patient, aus Westdeutschland. Es war uns über das zentrale Organspenderregister Eurotransplant als gut geeignet angeboten worden. Zwei meiner Mitarbeiter hatten es entnommen, per Flugzeug und Hubschrauber nach Berlin gebracht. Das muss schnell geschehen, länger als vier Stunden darf so ein Transport nicht dauern.«

»Für Sie ein bedrückendes Thema«, sage ich – und warte.

»Ja, es ist und bleibt zutiefst deprimierend, dass wir in vielen Fällen nur helfen können, wenn zuvor jemand gestorben ist. Das ist wahrlich eine Problematik, die auf alle bedrückend wirkt, auch auf mich.«

»Ich habe gelesen, dass in Ihrer Klinik die Altersspanne für Patienten mit einem neuen Herzen zwischen acht Tagen und über siebzig Jahren liegt. Acht Tage auf der Welt und schon operiert – kann das stimmen?«

»Das ist richtig. Wir haben vom ersten Tag an gesagt, wir wollen möglichst wenig Kriterien aufstellen, die zu einem Ausschluss von Patienten führen. Und wir wollten die Ablehnungsrate insgesamt gering halten, übrigens auch gegenüber älteren Menschen. Darum gibt es auch Herzen für Patienten über siebzig.«

»Der schwere Weg aus der Organspender-Problematik …«

»… führt eindeutig über die künstlichen Herzpumpen.« Nun erhebt sich Professor Hetzer, geht zu seinem Schreibtisch, sucht zwischen Akten und Büchern nach einer solchen künstlichen Pumpe, findet sie in einer Schublade und drückt sie mir in die Hand. Ein technisches Wunderwerk, vor dem ich gleichwohl erschrecke angesichts der Vorstellung, dass ein solches Ungetüm in die menschliche Brust verpflanzt wird.

Professor Hetzer spürt, was ich denke. »Keine Angst. Sie sehen ein älteres Modell. Diese Pumpen werden immer kleiner, so wie die Handys immer kleiner geworden sind. Die neuen Pumpen brauchen weniger Energie, sind weniger anfällig für Infektionen. Wir überbrücken mit ihnen schon heute lange Wartezeiten bei Patienten, die vor einer Operation stehen.«

»Ihr ganzes Leben als Arzt dreht sich um das Herz – was ist die Faszination?«

»Schon der Laie erkennt das Wunder, wenn er nur daran denkt, dass bis zu 10 000 Liter täglich durch dieses Organ hindurchgepumpt werden. Es ist das einzige Organ, das ständig in Bewegung ist. Es ist darüber hinaus ein Organ, das der Mensch nicht beeinflussen kann. Gleichzeitig aber reflektiert das Herz die Gemütslage des Menschen, die Anspannung, den Stress, indem es entweder schneller schlägt oder stolpert oder Schmerzen bereitet. Das heißt: Das Herz führt ein Eigenleben, es ist wie ein zweites Individuum. Vielleicht ist dies der Grund für die ganz besondere Stellung, die das Herz – fast hätte ich gesagt: im Herzen der Menschen – einnimmt.«

Für die Mediziner an der Herzfront aber bedeutet dies: Ist ein Eingriff nötig, handelt es sich immer gleich um »große Chirurgie«. Kein Wunder, dass die Zeitungen und vor allem das Fernsehen weltweit die Herzchirurgen für sich als Stars entdeckt haben. Dass es immer wieder spektakuläre Schlagzeilen gibt, mit Christiaan Barnards erster Herzverpflanzung 1967 in Kapstadt hat es begonnen.

»Es sind meist nicht die sogenannten charismatischen Persönlichkeiten, die die besten Chirurgen sind«, sagt Professor Hetzer. »Dies ist kein Beruf für Blender. Der Herzchirurg sieht das Ergebnis seines Handelns immer sofort, der Bauchoperateur vielleicht nach fünf Tagen, der Unfallchirurg vielleicht nach drei Wochen. Glauben Sie mir: Die Kombination von selbstsicherem Auftreten, gut aussehendem Mann und erfolgreichem Herzchirurgen ist äußerst selten. Um das zu finden, sollten Sie lieber ins Kino gehen.«

Film hin, Schlagzeile her – die Erfolge der großen Herzchirurgie sind unbestreitbar, wenn auch nicht in jener Dimension, die der Schriftsteller Hermann Kesten ironisch so beschrieben hat: »Die Fortschritte in der Medizin sind so ungeheuer, dass man sich nicht einmal mehr seines Todes sicher sein kann.«

Die Meinung des Professors zu diesem Thema ist eindeutig: »Es kann nicht das Ziel sein, Unsterblichkeit erreichen zu wollen. Ich glaube vielmehr, dass das menschliche Leben ohne den Tod weder denkbar noch sinnvoll ist.«

»Überleben – auch ein lebenswertes Leben?«

»Aber ja, das ist das, was mich besonders interessiert: Die Lebensqualität nach einem Eingriff, so schwer er ist, wird immer besser. Die Zahl der geschenkten Jahre ist das eine, wie der Patient die gewonnenen Jahre verbringt, ist das andere.«

Professor Roland Hetzer erzählt nun von einem Konzert, das ein paar Tage zurückliegt und das zu seinen schönsten Erlebnissen gehört. Denn auf der Bühne stand ein Mann, dem er in einer großen riskanten Operation ein zweites Leben schenkte. »Es war wunderbar, diesen Musiker zu erleben, vor einem großen Orchester. Und er dirigierte fast zwei Stunden ohne Ermüdung – eine großartige Leistung.«

»Sie arbeiten im Operationssaal ohne Beifall, der Künstler bekommt immerhin den Applaus.«

»Keine Sorge, ich bin trotzdem mit dem Ausmaß an Anerkennung sehr zufrieden.«

Ich erinnere mich an ein Wort des berühmten Ferdinand Sauerbruch, der schon 1913 eine verkalkende Entzündung des Herzbeutels mit Erfolg operierte: »Das Arzttum ist das Letzte und Schönste und Größte an Beziehungen von Mensch zu Mensch, es ist das Königliche.«

Für den Arzt Roland Hetzer klingt das ein bisschen zu pathetisch. »Aber im Kern hat Sauerbruch natürlich recht«, räumt Roland Hetzer ein, während ich noch einmal an das Bild denke, das ich am Beginn meines Besuchs gesehen habe und nie vergessen werde: der Arzt, versunken im Gespräch mit dem jungen Vater eines Säuglings, dessen Lebenslicht flackert.

So ein Virus kann ganz heilsam sein

So ein Virus meldet sich nicht an, hält nichts von Manieren, ist plötzlich da, aus Hongkong oder von Wer-weiß-woher. Du spürst ihn in den Gliedern, willst es erst nicht glauben, nimmst einen Schluck, denn Alkohol soll dem Virus den Weg verbauen. Aber er hat sich seinen Brückenkopf schon erobert – meistens im Kopf, denn dort geht's nun mit den Schmerzen los. Man führt noch ein paar Telefonate, ordnet seinen Schreibtisch, fühlt schon in dem Augenblick, da man geht, dass man vielleicht doch nicht in ein paar Stunden zurückkehren wird. Im Auto Schüttelfrost, zu Hause Fieber, Bett, den Arzt bitte …

Aus der Bahn geworfen für ein paar Tage, denkt man über vieles nach. Über seine eigene Wichtigkeit, und dabei kommt man nur zugleich auf die eigene Unwichtigkeit – ein zuweilen besonders heilsamer Vorgang. Über die Fehler, die man gemacht hat. Vielleicht war der Virus schon im Körper heimlicher Hausgenosse, als man griesgrämig war, als man einen Kollegen unkollegial beschimpfte, als man den Morgengruß seiner Frau nicht erwiderte.

Keine Entschuldigung, das alles – aber immerhin: So ein kleines, unter dem Elektronenmikroskop nur 0,00002 Millimeter großes Nichts kann sehr viel sein. Man ist irgendwie angeschlagen, unausgeschlafen – und damit auch irgendwie ungerecht. Und sicher unbequem und undankbar.

Ist aber das Fieber im Abklingen, hat man, was man sonst nie zu haben glaubte: Zeit zum Nachdenken und Vordenken und Überdenken. Der Mensch wird durch so einen kleinen Virus vom normalen Wege seiner Jagd durch den Alltag abgelenkt, er erkennt, dass die Gewichte sich sehr wohl auf der Waage des Lebens verschieben lassen. Die Welt ist im Krankenzimmer leiser, man kann besser in sich hineinhorchen.

Natürlich gibt es auch laute Augenblicke, in denen man die Richtung erkennt, blitzartig, und da man neue wichtige Entschlüsse fasst, beispielsweise auf der Autobahn, wenn man an einem schweren Unfall vorbeigefahren ist.

Ob draußen, ob drinnen: Die Augenblicke oder die Stunden, in denen wir den Kurs unseres Lebens korrigieren, sind die wichtigsten. Wenn auch der Körper plötzlich krank war – die Seele ist vielleicht wieder gesund geworden.

Und plötzlich ist das Zimmer leer

Das gibt es doch: dass man mit Menschen eng zusammenarbeitet, dass man sich auf irgendwelchen Korridoren zu irgendwelchen Zeiten trifft, sich »Alles Gute« wünscht, ein schönes Wochenende, dass man in Konferenzen stundenlang nebeneinander sitzt, dass man – spätestens bei der Weihnachtsfeier auch etwas davon erfährt, was »der andere« denn so privat erlebt und wie er lebt und was ihm in seinem Leben Freude macht – und dass man denkt, man könne immer weiter miteinander reden, denn man ist ja noch nicht mal sechzig, kein Alter, ohne Frage und dann plötzlich …

Dann kommt man eines Morgens ins Büro, und schon der Portier fragt, ob man die schreckliche Nachricht gehört habe, man fragt zurück, was denn nun schon wieder Schlimmes durchs Radio gekommen sei, und dann hört man, dass der Mann aus dem Zimmer ein paar Türen weiter gemeint ist: Herzversagen, Sekundentod.

Und nun geht man an seinem Zimmer vorbei, in das man oft gegangen ist. Da ist eine Scheu, den Stuhl zu sehen, auf dem er saß, den Schreibtisch zu sehen, an dem er arbeitete.

Sofort denkt man an das letzte Gespräch, das man mit ihm führte. War in seiner Stimme Außergewöhnliches? Kraftlosigkeit? Melancholie gar? Nein, es war alles »ganz normal«. Er hatte ein paar Zahlen genannt, sie hatten etwas mit Umsatz, mit Marktentwicklung zu tun. Aber dann am Schluss gab es noch ein paar Gedanken zu diesem Sommer, der nun zu Ende geht. So ist es ja nicht, dass er nicht auch seinen Blick in den Himmel richtete! Was wissen wir denn wirklich von denen, mit denen wir Korridore, Konferenzräume, Fahrstühle tagsüber teilen? Wenn man die Gespräche nur richtig führt, wenn man durch die Aktendeckel und Schnellhefter hindurchsticht, dann entdecken wir: Im Alltagsgeschäft sehen wir nur einen Teil des Menschen, den uns zugewandten.

Nun gehe ich an seinem Zimmer vorbei, das zur Straßenseite liegt, Parterre, plötzlich fehlt der schnelle Gruß, den wir manchmal nur mit einer Handbewegung wechselten, denn es war so eingerichtet, dass die Sonnenblenden halb hoch waren: Man konnte, trat man an die Scheiben heran, ihn gut sehen, aber man konnte auch einfach vorbeigehen, man hatte die Wahl, ihn zu begrüßen – oder nicht.

Und ich bin nun glücklich über jedes Mal, da ich ihn grüßte, aber ich frage mich auch, warum ich oft vorbeihastete, weil ich glaubte, keine Zeit zu haben.

»Mein Arzt sagte zu mir:
›In vier Wochen sind Sie tot‹«

*Dr. Holm Schlemmer, Chefarzt im Klinikum Garmisch-Parten-
kirchen, war als junger Mann dem Tod geweiht. »Seit der Diagnose unheilbar weiß ich um die Ängste und Sorgen der Patienten Bescheid.« Heute bringt der Hüftoperateur sogar
Hundertjährige wieder auf die Beine. »Wir zaubern nicht, auch
wenn es oft so aussieht«, sagt er bescheiden.*

Was treibt Ärzte an? Warum ergreifen sie diesen
Beruf? Was ist die Faszination, wenn es ums Operieren geht? Wie verkraften sie ihren Alltag, umgeben von Krankheit, Schmerzen und Tod?

Ich überdenke meine Fragen, die ich an einen
Arzt stellen will, unter dessen Leitung über 20 000
Hüften operiert worden sind, während ich von
München aus hinausfahre ins Werdenfelser Land.

Ein Bilderbuchtag. Vor mir die Waxensteine,
die Zugspitze, über mir ein blitzblanker Föhnhimmel. Was hier in dieser urgesunden, göttlichen
Landschaft ein Krankenhaus soll, weiß sicher
allein der liebe Gott.

Dr. Holm Schlemmer, Arzt aus Leidenschaft –
»seit Generationen gab es in meiner Familie nur
Ärzte und Apotheker«, Chirurg und Chefarzt im
Klinikum Garmisch-Partenkirchen, wirkt so ge-

sund, so nervenstark, wie man sich als Patient einen Arzt wünscht, dem man sich bis in die Narkose hinein blind anvertraut.

»Können Sie Gefühle und Ängste der Patienten verstehen, waren Sie selbst einmal ernsthaft krank?«

Holm Schlemmer zögert. Meine Frage zielt, unbewusst, in die Tiefen seines Herzens. Aber dann antwortet er doch. Mit leiser Stimme. Es war vor einem Vierteljahrhundert, als er schwer erkrankt von seinem behandelnden Arzt hören musste, er möge alles organisieren, »in vier Wochen sind Sie tot«.

Ein Befund wie ein Fallbeil. Die bösartige Krankheit hatte schon Metastasen gebildet. Holm Schlemmer kam mit dem Urteil zu seiner jungen Frau, die er erst zwei Jahre zuvor geheiratet hatte. Und der Kampf begann …

Er gehörte damals zum Team des über Bayerns Grenzen hinaus bekannten »Hüft-Papstes« Dr. Fritz Lechner. »Mein Chef stellte mich ein Jahr lang von der Arbeit frei, ich ging nur hin und wieder in die Klinik, um unter Menschen zu sein, das tat gut und ich wusste: Wenn ich geheilt werden sollte, war mir mein Arbeitsplatz sicher.«

Seine Erkrankung war so schwer, dass sie sogar in einem landesweiten Register verzeichnet wurde – von den vierhundert Todkranken haben nur zwei Patienten überlebt.

»Wer hat letztlich geholfen: der berühmte Lechner, der liebe Gott oder Ihre junge Frau?«

»Ich glaube alle zusammen. Und deshalb werden Sie verstehen, dass ich seit jenen schrecklichen Monaten um die Gefühle, die Ängste und Sorgen der Patienten sehr wohl Bescheid weiß.«

»Bleiben wir bei den Patienten, die eine neue Hüfte brauchen – hat sich da in den letzten Jahren etwas im Verhältnis Arzt – Patient geändert?«

»Nein, der Unterschied ist nur, ob jemand nach einem Unfall oder nach einem schweren Sturz als Notfall zu uns kommt – und Stunden später mit einer implantierten künstlichen Hüfte aufwacht; da gibt es weniger Zufriedenheit mit dem Eingriff als bei jenen Patienten, die einen langen Leidensdruck hinter sich haben.«

Wer über Wochen und Monate, manchmal sogar Jahre bei jeder Bewegung gelitten hat, der fühlt sich nach überstandener Operation wie befreit – und er ist es auch: Die Schmerzen sind verschwunden.

»Früher mussten hüftkranke Menschen mit diesem Leiden leben, heute, in einer total mobilen Gesellschaft, reklamiert jeder für sich das Recht auf Beweglichkeit, selbst Achtzigjährige wollen noch auf die Berge klettern – und sie können es erfreulicherweise auch.«

»In England gibt es keine künstliche Hüfte auf Staatskosten, wenn man das 75. Lebensjahr überschritten hat.«

»Für mich als Arzt undenkbar. Ich hab erst kürzlich einer hundertjährigen Patientin ein künstliches Knie eingesetzt. Mit Erfolg. Und die Statistik unserer Klinik weist aus, dass wir in den letzten zwanzig Jahren immerhin vierzehn Patienten hatten, die hundert Jahre oder älter waren.«

Wir sprechen über den Alltag. Dass Dr. Schlemmer pro Tag zwei, drei Hüften einsetzt, dass ein solcher Eingriff fast Routine ist und knapp eine Stunde dauert und dass doch jede Operation neu ist, weil sich das Problem bei jedem Kranken anders stellt.

Es gibt auch eine Horrorsituation: Das ist eine Infektion in der Hüfte. Dann muss die Prothese wieder heraus, weil das Fremdmaterial oft eine Infektion verursacht, die Bakterien setzen sich gerne an den Plastikteilen fest.

Ich erinnere an ein Wort von Hippokrates: »Der wahre Arzt beugt sich ehrfurchtsvoll vor der Gottheit«, und frage nach Demut und ärztlicher Ethik.

»Wir können nicht zaubern«, sagt Holm Schlemmer, »auch wenn es manchmal so aussieht, weil Lahme plötzlich wieder laufen können. Und natürlich bin ich nichts ohne mein Team, das aus vier Oberärzten und zwölf Assistenten besteht.«

Deshalb war es auch ein völlig »sinnloses Angebot«, das ihn kürzlich aus Mallorca erreichte: Man wollte ihn für drei Tage im Monat auf die Sonneninsel locken. Er hätte dort sicher fürstlich verdient. »Aber ohne mein Team und ohne mein Ersatzteillager an Prothesen, das allein einen Wert von über zwei Millionen Euro hat, könnte ich dort nichts werden. Das wäre nur ein Abenteuer und reine Geldschneiderei.«

»Geldschneiderei?« Ich lasse das Wort im Raum stehen. Holm Schlemmer überlegt kurz, ob er noch sagen soll, was er dann sagt: dass nämlich die Prothetik zu einer »gnadenlosen Geschäftemacherei« verleitet.

»Da höre ich immer wieder von Patienten, dass sie etwas unterschreiben müssen, weil sie angeblich etwas Besonderes kriegen, was gar nicht stimmt. Da arbeiten Ärzte in die eigene Tasche. Das ist gar nicht so selten, wie man denkt. Und es betrifft nicht so sehr die junge Ärztegeneration, es sind eher die Kollegen meiner Generation, die da hinlangen.«

Gegen Verführungen wie das Mallorca-Angebot gibt es für einen Klinikchef nur eins: Kurs halten. Und Nein zu sagen, wenn, wie einst geschehen, ein Milliardär kommt, der verlangt, dass für sein Personal und seine Sicherheitsbeamten gleich eine ganze Station frei geräumt werden soll.

»Was ist für Sie ein schöner Tag?«, ist meine letzte Frage.

»Wenn ein Patient schmerzfrei ist, die Krücken oder den Rollstuhl in die Ecke stellen kann und vor Freude am liebsten die ganze Welt umarmen möchte. Dann freue ich mich mit.«

Nach seiner eigenen Erfahrung mit der schweren Erkrankung vor 25 Jahren kann man das nicht nur verstehen, sondern – schöner noch – ihm das auch glauben. Wer einmal die Nähe des Todes spürte, liebt das Leben umso mehr.

Wenn es einen lebenden Beweis für den aufmunternden Satz gibt, der da lautet: »Für Hoffnung ist es nie zu spät«, dann ist es das Schicksal dieses leidenschaftlichen Arztes.

Das vergessene Taschentuch

Irgend jemand, dessen Namen ich nicht verstanden hatte und dessen Stimme gleichwohl vertraut klang, sagte am Telefon, ich würde jetzt mit dem Altersheim verbunden werden. Dann gab es eine kurze Pause, und ich hatte plötzlich Angst. Die Bilder des Menschen, um den es hier nur gehen konnte – eine alte Dame der Verwandtschaft –, schossen an mir vorüber. Ich sah ihr Lächeln, ihre scheue Freundlichkeit, ihre Sanftmut, auch die Fröhlichkeit in früheren Jahren und das Lachen.

Und dann kam die Nachricht: Krankenhaus! Intensive Behandlung, die Ärzte wissen noch nicht mehr zu sagen. Die Adresse? Abteilung A, Zimmer… Und ohne nachzudenken, gleichsam automatisch, wusste ich, dass sich hier ein Leben neigt.

Und während ich nun etwas sage, Betroffenheit durch Geschäftigkeit zu verdrängen suche, drehen sich meine Gedanken um die Frage, wie es ihr gehen mag, der alten Dame, ob ich sie noch sehen werde, wenn ich sofort losfahre, und dies vor allem: ob ich eigentlich »alles« getan habe?

Wann war ich zuletzt bei ihr gewesen? War es vor vier Wochen? Da war ich an der Stadt vorbeigekommen und hatte plötzlich den Wagen doch zur Stadteinfahrt gelenkt, ich sollte mal »überraschend« reinschauen, ich habe es getan, gut ist es gewesen, das wusste ich schon damals, als ich den langen Korridor des Altenheims entlangging und das Zimmer suchte.

Und dann wurde die alte Dame herausgebeten, man saß zusammen auf einer Bank, wo die Mitbewohner vorbeigingen und grüßten. Worüber wir sprachen? Über Belangloses. Das Wetter, die Verpflegung im Heim. Ob es im Kino ein paar Straßen weiter vielleicht einen Film geben würde, den sie sich anschauen könnte, es gibt heute so wenig Filme für alte Damen. Ob sie einen Wunsch habe? Ja, dass ich mal wieder so plötzlich vorbeischauen möge, das wäre so ein Wunsch. Mal mit anderen Menschen sprechen, nicht nur mit denen im Heim.

Ich hatte damals die alte Dame mit nach Hause genommen, sie hatte bei uns den Abend verbracht, als sie ging, sagte sie, das Schönste sei gewesen, einmal anderes Brot, anderen Käse, andere Wurst zu sehen als bei sich »zu Hause«. Dies Wort Zuhause war trostreich für mich, denn es schien mir zu sagen: Sie fühlte sich im Heim wohl.

Als ich sie wieder ablieferte, musste die Tür des Heimes vom Nachtdienst geöffnet werden. »So spät war ich schon lange nicht mehr aus, vielen Dank«, sagte sie und verschwand. Und sie lächelte wieder, wie eben nur alte Damen lächeln können, die uns mit unserem Umhergetriebensein so recht nicht mehr verstehen können.

Sie hatte, ich bemerkte es erst später, ihr Taschentuch in meinem Wagen vergessen – ich werde es ihr das nächste Mal bringen, dachte ich mir, ich werde versuchen, dass die Pause bis dahin nicht wieder so lange sein wird.

Und während ich heimfuhr, hatte ich ein unglaublich gutes Gefühl, etwas getan zu haben, was man so selten tut: Ich hatte jemandem meine Zeit gegeben. Und: Die alte Dame hatte mich gelehrt, wie wichtig das ist. Kurz darauf kam ein neuer Anruf mit der Nachricht, die ich befürchtet hatte … Wer noch irgendwo hinfahren kann, zu einer alten Dame, der sollte es tun!

»Schmerzen – das sind Signale, die uns etwas sagen wollen«

Dr. Antje-Katrin Kühnemann wurde durch ihre Sendung »Sprechstunde« zur bekanntesten TV-Ärztin der Bundesrepublik. Sie kam zur Medizin, weil sie ihrem todkranken Bruder helfen wollte. »An diesem Schicksal bin ich gereift«, sagt sie heute.

Kaum zu glauben, dass diese heitere Frau, die so lachen kann, die schöne Roben trägt, die für eine Party schon mal quer über Europa fliegt, kaum zu glauben also, dass diese Antje-Katrin Kühnemann nach wenigen Minuten unseres Gesprächs plötzlich über den Tod philosophiert und über das Ende des Lebens spricht.

Wir sitzen im holzgetäfelten Raum ihres Hauses nahe dem Tegernsee, wo sie in Rottach-Egern eine private Praxis unterhält, ihre große öffentliche Bühne sind die Fernsehstudios in München. Über viele Hundert Sendungen hatte sie hier schon moderiert, und Millionen schauten zu, seit sie 1973 regelmäßig mit ihrer wöchentlichen »Sprechstunde« auf dem Bildschirm erschienen ist.

»Diese bayerische Bilderbuchlandschaft gibt mir Kraft«, sagt sie und schaut in den Föhnhimmel.

Aber schon kurze Zeit später, als ich frage, warum sie Ärztin geworden ist, gibt sie unvermutet den Blick frei auf ein Schicksal, das eng mit Leid, Schmerz und Tod verknüpft war.

Als ob ein Schatten ins Zimmer fällt, spricht Frau Kühnemann nun mit leiser Stimme von ihrem Bruder, der nur zwanzig Jahre alt wurde, ein Pflegefall seit seiner Geburt.

»In meinem Elternhaus war die Krankheit zu Hause. Meine Mutter war immer eine Helfende und ich habe für meinen kleinen Bruder denken und sprechen müssen. Rund um die Uhr mussten wir alle für ihn da sein.«

Keine Anklage an das Schicksal, nur eine Erinnerung, was geschah, als sie selbst blutjung war. »Ich bin an diesem Schicksal gereift. Ich bin ganz automatisch in dieses Verantwortungsgefühl hineingewachsen. Aber wenn du helfen kannst, wirklich helfen, kommt etwas zu dir zurück. Das ist etwas Wunderbares gewesen: Dieses Strahlen über das ganze Gesicht des Jungen, wenn ich spürte, dass ich seine Wünsche verstanden hatte, die er mit Worten nicht ausdrücken konnte. Und was waren das für Wünsche? Kleine Handreichungen, mehr nicht. Aber für einen Hilflosen sind sie die ganze Welt.«

Damals im Jahr 1965 beschloss Antje, gerade 18 Jahre alt, anstatt Kunst Medizin zu studieren. »Instinktiv wusste ich, es ist vermessen, wenn schon ganz junge Menschen daherkommen und sagen: Ich werde ein Künstler. Da ist doch viel Hybris im Spiel, nicht wahr?«

So stürzte sie sich in ihrer Geburtsstadt München leidenschaftlich ins Studium und das Schicksal meinte es gut: Sie lernte als Medizinalassistentin bei den ersten Adressen. So befasste sie sich mit den Problemen des Diabetes bei dem berühmten Professor Mehnert, und die plastische Chirurgie studierte sie bei Frau Professor Schmidt-Tintemann.

»Was war für Sie die wichtigste Erkenntnis in jenen Jahren?«

»Dass theoretisch jeder Mensch Medizin studieren kann, so wie jeder schreiben lernt. Aber obwohl jeder Mensch schreiben lernt, werden doch nur ganz wenige Menschen Schriftsteller. Und genauso gilt: Obwohl sich praktisch jeder das medizinische Vokabular aneignen kann, gelingt es doch nur wenigen, Ärzte im wahren Sinn des Wortes zu werden.«

»Schon Platon sagte, es sei ein großer Fehler, dass es Ärzte für den Körper und Ärzte für die Seele gibt, da beides doch nicht voneinander getrennt werden kann.«

»Ja, das Wichtigste für den Heilerfolg ist der Draht vom Arzt zum Patienten, wenn er also die richtigen Worte findet, wenn er in den Augen des Kranken lesen kann, wenn er sich seine Sorgen zu eigen macht, ohne allerdings am Mitleid selbst zu ersticken.«

»Arzt – ein Beruf ohne Beispiel?«

»Ja, ein wunderbarer Beruf, mit keinem anderen Beruf vergleichbar. Das Ideal ist natürlich, man kommt zum Patienten und kann ihm sofort helfen, weiß das richtige Medikament, kann bei einem Notfall auch sofort operativ eingreifen. So etwas gibt es in der Vollendung vielleicht nur noch in Afrika, wo ein Arzt ohne diagnostische Mittel einen vereiterten Blinddarm feststellt und sofort operiert.«

»Sind Sie etwa neidisch auf die so schnell sichtbaren Erfolge der Kollegen von der chirurgischen Fakultät?«

»Nein, natürlich nicht. Aber die Erfolgserlebnisse sind dort eben so offenkundig, besonders in der Wiederherstellungschirurgie, beispielsweise nach schweren Brandverletzungen, wenn Gesichter verbrannt, Hände oder Füße verstümmelt sind. In der Inneren Medizin dauert alles etwas länger, denken wir nur an die mühsame Therapie des Bluthochdrucks. Da haben wir die gemessenen Werte, und dann gibt es viele hundert Präparate, um den Hochdruck zu bekämpfen.«

»Schildern Sie mal einen besonders glücklichen Augenblick in Ihrer Alltagspraxis aus den letzten Tagen.«

»Da kam eine Patientin mit diffusen Symptomen, bei der ich spontan das Gefühl hatte: Die Frau muss sofort in die Klinik. Es war, wie sich dann herausstellte, die sprichwörtlich letzte Minute, denn es konnte bei ihr eine Embolie verhindert werden, die sonst bestimmt tödlich verlaufen wäre.«

»Ein Blick auf die Patientin genügte?«

»Ja, das gehört zur ärztlichen Kunst, dieses scharfe Beobachten, das Abhorchen des Körpers, dieses Mit-dem-Patienten-Sprechen. Wenn ein Kranker die Praxis verlässt und sagt: So wie Sie mich verstanden haben, hat mich noch keiner verstanden, dann ist das für mich ein wunderbares Gefühl.«

»Sind Frauen, was diese Seite des Berufs angeht, sensibler und damit besser geeignet, intuitiv zu handeln?«

»Nein, ich spreche Männern Sensibilität nicht ab. Sie verstecken sie nur manchmal. Sie haben sie aber – und sie sollten mit dieser Sensibilität sensibel umgehen.«

»Ich stelle es mir ungeheuer schwer vor, immer mit Kranken zusammen zu sein, ihre Probleme anzuhören, sich auf schmerzgeplagte Menschen intensiv einzustellen – und dann auch noch immer wieder erleben zu müssen, dass alle ärztliche Kunst nicht ausreicht.«

»Ja, es ist schwer, mit dem dahingehenden Leben bei schwerer Krankheit fertig zu werden. Wir verdrängen in unserer westlichen Zivilisation nur allzu gerne den Gedanken an den Tod. Mich selbst ängstigt mein eigener Tod nicht. Sicherlich macht es auch mir Sorge, wie ich dahin komme und ob mein Kopf gesund bleibt und ob ich auch in dieser Schlussphase noch über mich bestimmen kann. Aber sonst meine ich: Das Sterben gehört zum Leben, und wir Ärzte dürfen es nicht ausgrenzen wollen und schon gar nicht unsere eigene Angst da hineingeben.«

Aus ihren Beobachtungen bei Tausenden von Patienten weiß sie, dass ihr diese Einstellung zum Leben und seinem Ende hilft, mit den Patienten positive Gespräche zu führen, so weit es nur irgend möglich ist. »Man sollte auch die Familie in solche Gespräche, wo es um die letzten Fragen geht, mit einbeziehen. Und was die Schmerzen angeht: Schmerzen sind Signale, sie wollen uns etwas sagen – wir dürfen diese Signale nicht falsch deuten und schon gar nicht überhören. Zum Arzt gehört, dass er Schmerzen deuten kann, die Botschaft des Körpers und der Seele versteht.«

Als ich zum Schluss noch das Stichwort »Gesundheitsreform« und Arzthonorare ansprechen möchte, wehrt Frau Dr. Kühnemann ab. Das sei, wie Fontane sagt, »ein weites Feld«, das können wir hier nicht in wenigen Sätzen diskutieren.

Nur so viel sei gesagt, und nun kommt das Lachen wieder: »Wenn ich meinem Elektriker erzähle, dass ich für einen Hausbesuch bei einem Notfall zwölf Euro quittieren darf – Sie hören richtig: zwölf Euro –, dann schüttelt er nur den Kopf. So viel zu diesem Thema!«

Vor der Operation – ein Tag im Niemandsland

Es sind sicher nur fünf, sechs Sekunden, die ich mich noch einmal in meiner Wohnung umschaue, doch viel länger als sonst. Der Taxifahrer hat bereits geklingelt, ungeduldig, auch Türklingeln können Launen zeigen.

Den Acht-Uhr-Termin zur Aufnahme ins Krankenhaus hatte ich längst verpasst. Ich bin also wirklich in Eile und doch: Ich blicke mich noch einmal in den Zimmern um, als wollte ich diese Bilder in meiner Erinnerung festnageln.

Wird alles unverändert sein, wenn ich in drei Wochen zurückkomme? Das ist nur die eine, die vordergründige Frage. Die andere, die sich sekundenschnell dazwischenschiebt, ist drängender: Wie wird es eigentlich in mir selbst aussehen, wenn die Operation »gelaufen«, der Klinikaufenthalt beendet ist?

Draußen herrscht Hektik. Ein Berufsverkehr zum Erbarmen. Ampel-Kampf-Gedränge zwischen Gelb und Rot. »Die Menschen sind alle verrückt«, schimpft der Taxifahrer, der selbst keine Gelegenheit auslässt, es den anderen zu zeigen.

Was mich an anderen Tagen nerven würde, heute empfinde ich das Tohuwabohu auf den Straßen als »Leben pur«. Denn morgen wird alles anders sein.

Der Tag vor der Operation – mit keinem vergleichbar – ist ein Tag im Niemandsland, abgerückt von allem, was uns eben noch so wichtig dünkte.

Du gehörst nicht mehr dazu, wenn die Menschen auf der Rennbahn des Lebens entlangtoben, sogar die Nachrichten im Autoradio klingen plötzlich wie von einem fremden Stern. Als das Taxi endlich an der Patientenaufnahme vorfährt, da sind all die quälenden Politikerdebatten ganz weit weg.

Vor dem Skalpell kommt der Computer. Du schrumpfst zusammen auf die paar Daten deiner Krankengeschichte. Einverständniserklärungen werden dir vorgelegt, viel Kleingedrucktes darunter, du unterschreibst alles. Wer feilscht jetzt noch um Formulierungen, Misstrauen gegenüber Ärzten kann selbst zu einer Krankheit werden.

Dann das Zimmer, freundlich – und geheimnisvoll anonym. Für Sekunden der erdrückende Gedanke, wie viele Menschen hier vor dir wie viele Schmerzen ertragen mussten. Dann der befreiende Gedanke, wie viele Patienten hier gesund herausgegangen sind.

Ich blicke aus dem Fenster, der Herbst hat erste braune Farbtupfer in die sommergrünen Bäume gemischt, unerbittliches Gesetz der Natur.

Ich laufe noch für eine Stunde im weitläufigen Klinikum umher, aber das Niemandsland-Gefühl verlässt mich nicht mehr.

Schrille Sirene eines Krankenwagens, Sanitäter rennen, als ginge es um ihr eigenes Leben – Notaufnahme! Ein Mensch wird aus »heiterem Himmel« herausgerissen, so ganz anders als bei mir, der ich schon vor Wochen den OP-Termin bekam.

Plötzlich fällt mir ein, dass ich nur wenigen Menschen erzählt habe, was mir bevorsteht: Bloß kein Mitleid erwecken, nicht die Angst verbreiten, die man ganz tief drinnen bei sich selbst verspürt, auch wenn man es nicht zugeben will.

Denn diesen Weg durch das Niemandsland zwischen Bangen und Hoffen, zwischen Mut und Demut, den musst du – und würden dich auch tausend Wünsche begleiten – schließlich morgen doch alleine gehen.

Aber wem sage ich das? In Deutschland werden in jeder Woche 20000 Menschen operiert.

Ein Brief mit schwarzem Rand

Nun, da die Nachricht seines Todes gekommen ist, denke ich noch einmal über seine Worte nach, soweit ich sie noch in Erinnerung habe. Ich versuche mir genau vorzustellen, wie es gewesen ist, als ich vor ein paar Tagen bei ihm anrief, wie unser Gespräch in Gang kam, wie sich unsere Sätze aneinanderhängten. Auch den Tonfall versuche ich noch einmal zu erspüren; denn nun weiß ich ja, dass es nie wieder die Möglichkeit eines Gespräches geben wird. Die Nachricht kam soeben, der Brief war schwarz umrandet, die Unerbittlichkeit ist erschreckend.

Ich erinnere mich genau, dass ich zuerst angerufen hatte. Das ist tröstlich. Ich hatte mich also doch noch gemeldet, obwohl ich doch immer dachte, dass zwischen all den Terminen keine Zeit mehr blieb, denn eine Zeit lang, ein paar Wochen lang, war da eine Pause, eine ungewollte Pause. Es hat ja jeder seine alltäglichen Dinge zu betreiben, es schieben sich immer die angeblich so wichtigen Fragen in den Vordergrund, dass man zum Wesentlichen nicht mehr findet. Und dann notiert man auf einem kleinen Zettel nur: Morgen …

anrufen – und den Namen – und vielleicht die Nummer.

Natürlich erinnere ich mich heute, da ich um die Unwiederholbarkeit dieses Gespräches weiß, an alle Einzelheiten. Ich erinnere mich, dass ich mit einer geschäftlichen Bagatelle begonnen hatte, mit einer dieser Belanglosigkeiten, als ob mir der Mut fehlte, ihm zu sagen, dass ich eigentlich nur wieder einmal mit ihm sprechen und seine Stimme hören wollte; zumal ich erfahren hatte, dass er krank gewesen war.

Er muss meine Verlegenheit gespürt haben, aber er ließ es mich nicht spüren: Ganz schnell zog er das Gespräch von dieser Belanglosigkeit weg. Es war dies eine Begabung, die ich bei ihm schon seit drei Jahrzehnten bewunderte. Immer steckten wir nach wenigen Sätzen mitten in den Sinnfragen des Lebens, die sich ja hinter den Querelen des Tages verbergen. Es war auch in wenigen Sekunden wieder jene Übereinstimmung da, die vergessen ließ, wie die Zeit dahinging – es wurde ein langes Gespräch.

Und dann: der Schluss. Er kam, wenn ich heute daran zurückdenke, etwas schnell; wir sagten, dass wir uns ja bald sehen würden, dass man überhaupt öfter miteinander sprechen sollte – und dann legten wir die Hörer auf. Ich wusste, dass an diesem Tag nirgends mehr ein besseres Gespräch zu holen war. Und über alle folgenden Stunden legte sich jenes Gefühl, das sich nur nach einem guten Gespräch einstellt und das zu den glücklichen Momenten dieses Lebens gehört.

Und jetzt kam dieser schwarz umrandete Brief. Wir können natürlich nicht mit dem bestürzenden Gedanken leben, dass jedes Telefonat vielleicht das letzte sein könnte. Wir können auch nicht so leben, als ob wir ewig weitersprechen können. Und irgendwo dazwischen ist alles verborgen: Glück und Schmerz und Ohnmacht ...

In der Trauer zeigen sich die wahren Freunde

Ein halbes Jahr haben wir uns nicht gesehen, seit wir am Grab ihres Mannes standen und ein kühler Frühlingswind die Psalmen des Pastors forttrug in eine unbestimmte Ferne.

Nun sitzen wir zusammen in der Halle eines Hotels, in dem sie, aus der Nachbarstadt kommend, abgestiegen ist, um auf dem Friedhof nach dem Rechten zu sehen.

Was mich erstaunt, ist ihre Blässe nach diesem großen Sommer, ihre Haut ist so durchsichtig wie in jenen Tagen, in denen sie bei ihrem Mann Tag und Nacht in der Klinik war, völlig erschöpft, dass ihre Kinder damals befürchteten, sie würde an dem Mitleiden zerbrechen.

Auch ihre Augen strahlen nicht so, wie ich es in Erinnerung hatte.

Ob es denn gar keinen Trost gegeben habe, frage ich sie nun doch. Oder ob es vermessen sei, nach einem solchen Verlust Trost zu erwarten, von wem auch immer.

»Wer sollte mich trösten?«, fragt sie zurück. Der Pfarrer? Die Kinder? Die Freunde? Die Nachbarn, die damals alle zusammen einen Kranz schickten?

Ja, wer von all den Menschen, die sich um sie sorgten in den dunklen Tagen, als wollten sie eine Mauer gegen den Schmerz der Trauer bilden, hätte sie trösten können?

»Jeder hat zu tun«, sage ich. Weiß Gott, etwas Besseres fällt mir nicht ein. Wie findet man die richtigen Worte, wenn man mit einem solchen Schicksal konfrontiert wird?

»Ja, jeder hat zu tun«, wiederholt sie leise, ein mattes Echo meiner hilflosen Worte. Es seien damals viele Briefe gekommen, tröstende Worte vor dem schweren Gang zum Friedhof, aber nichts hätte sie damals wirklich bewusst wahrgenommen. »Alles blieb schemenhaft.«

»Man soll einen Trauernden nicht zu trösten versuchen, solange noch ein Toter vor ihm liegt«, heißt es im Talmud. Ein weises Wort?

»Ja, ein weises Wort. Du bist von einer Sekunde zur anderen so einsam wie nie zuvor. Aber so seltsam es klingt: Es ist dies eine Einsamkeit, die du brauchst. Alle Menschen, so nah sie dir auch sonst sein mögen, sind plötzlich ganz weit von dir entfernt.«

Doch irgendwann beginnt dann der lange Weg zurück in die Realität des Alltags, auch in seine Banalität. Wenn es um die Korrespondenz mit dem Finanzamt, mit Anwälten, streitenden Erben geht, hat dich die Welt in ihrer gnadenlosen Kühle ganz schnell wieder.

»Ich habe von diesem Sommer eigentlich nichts gehabt«, sagt sie nun. Aber das sei nicht wichtig. Wichtig sei etwas anderes: die Erkenntnis, wer von den vielen Freunden sich meldet und wer sich nicht meldet. »Da erlebst du die größten Überraschungen und leider auch Enttäuschungen. Gerade bei den vermeintlich guten Freunden. Das ist dann oft wie ein zweiter Todesfall.«

Ich sollte darüber mal in meiner Kolumne schreiben, rief sie mir hinterher, als sie schon von der Drehtür verschluckt wurde, der eine oder andere wird sich vielleicht in dem wiedererkennen, was sie mir soeben an Erfahrungen nach dem Verlust ihres Mannes erzählt hat …

Morgens, sieben Uhr – Südeingang ...

Der Termin war früh, bitte, kommen Sie pünktlich. Ich war einige Minuten früher da, ging vor dem Krankenhaus auf und ab, Südeingang. Ein Rettungswagen kam mit Blaulicht. Trage, Männer, Eile – ein Arzt gab Anweisungen, Schonung, Vorsicht, ein schwerer Fall.

Plötzlich dieses Gefühl: Wie nahe wir alle einer solchen Notsituation sind. Der Mann auf der Trage hat vor einer Stunde noch nicht gewusst, dass er hier um sieben Uhr in die Klinik getragen würde. Unfall? Herzinfarkt? Kolik? In seinem blassen Gesicht ist nur der Schmerz zu erkennen – und die Hilflosigkeit des Menschen, der sich in die Hände anderer Menschen begibt.

Ich schaue die Hauswand empor. In allen Fenstern brennt schon Licht. In einem Raum sind fünf Ärzte versammelt, in einigen Minuten werden sie Visite machen. Ich hatte schon auf dem Parkplatz gesehen, dass von acht Parkplätzen für Doktoren sieben bereits besetzt waren. Lächerlich die Diskussionen, die in den Universitäten geführt werden, ob man den Studenten zumuten kann, früher anzufangen: Im Berufsleben geht es nicht so zimperlich zu!

Die Schwester, die mir einen Bogen für die Personalien gibt, sieht müde aus. Sie öffnet die Tür einer Umkleidekabine. Bitte den Oberkörper freimachen! Bitte warten. Ein halber Quadratmeter. Halbdunkel. Ein kleiner Spiegel. Die Haut ist winterweiß. Das ganze Leben, das so laut dort draußen wieder anhebt, ist plötzlich entrückt. Wie wird man dorthin zurückkommen, in einer Stunde, in zwei Stunden – krank, gesund, halb gesund, halb krank?

Als mich die Schwester endlich aus dieser quälenden Enge herausholt, habe ich schon das Gefühl, dass ich mich selber beobachte. Sie geleitet mich mit einem Wink zu einer Liege, ein Metallbrett, ein karges Kopfkissen, eine Fußablage. »Die Schuhe können Sie anbehalten … bitte, rücken Sie noch etwas nach unten« – die Kommandos kommen hinter einer Glaswand hervor. Nun senkt sich das Röntgenauge, der Apparat rückt ein Stück vor, ein kleineres Stück zurück – ein Roboter, der seine Beute sucht: ein Stück deines Körpers, von dem er Genaueres wissen will.

Alles andere ist nun ganz weit weg: der Beruf, die Familie, die Kinder, die Einladung heute Abend, der Termin beim Chef morgen, die Urlaubsreise, die vom Reisebüro immer noch nicht bestätigt ist, und all das Wichtige, das die Gedanken so unermüdlich am Kreisen hält und das nun so unwichtig geworden ist.

Das Röntgenauge hat seine endgültige Position erreicht. Der Arzt, der bisher in anderen Räumen war, tritt heran. »Es tut nur kurz weh.« Ein Kontrastmittel wird gespritzt.

Warten. Dann: Einatmen! Ausatmen! Bitte nicht atmen! – Ein Knacken. Aus. Warten. Minutenlanges Warten. Nun ist die ganze Welt in einer unheimlichen Weise verschwunden. Nun weiß man, dass ja alles nur geschieht, weil man es selber wahrnimmt: durch Auge und Ohr, durch Briefe und Fernsehen, durch Radio und Zeitung, durch Gespräch und Gebet. Und hier auf dieser Stahlplatte, unter diesem Röntgenauge, hier, wo man plötzlich nur noch Körper ist, wird für Augenblicke das Leben in seiner Bedrohtheit spürbar.

Und dann merkt man, im Warten: Das Herz pumpt, das Wunderwerk des Körpers wird in Gang gehalten, rundum nur Stille, nur Einsamkeit. Dann – nach dieser wesentlichen Erfahrung – kommt der Arzt, der zufrieden ist –, ein Seufzer der Befreiung – dann die Schwester, die Kabine, der Ausgang der Klinik, die Autos, das Hupen, der Lärm, das Laute. Wie ein Film, der sich zurückdreht.

Und man möchte die Arme ausbreiten und das Leben neu umarmen!

Verzeihung, ich war sehr in Eile

Er war ein Nachbar, nur ein paar Wände trennten sein Leben von meinem Leben, wir gingen auf derselben Straße vor unserem Haus, viele tausend Male, ich wusste nach all den Jahren seinen Nachnamen, den Vornamen wusste ich nicht. Nur einmal habe ich an seiner Wohnungstür geklingelt, als der Postbote eine Drucksache, die für ihn bestimmt war, irrtümlich bei mir abgegeben hatte; er bat mich, doch einzutreten, aber ich war in Eile, wie immer in Eile, und so sagte ich: »Ein anderes Mal, vielen Dank« – und ging.

Wir trafen uns dann später seltener, mir fiel nur auf, dass in seinem Zimmer nachts lange das Licht brannte, manche Nacht schien es überhaupt nicht zu erlöschen, ich war dennoch nicht in Sorge, ich kannte ja nur seinen Nachnamen, den Vornamen kannte ich nicht, wusste nur – woher eigentlich? –, dass er es am Herzen hatte, rote Äderchen in seinem Gesicht waren mir einmal aufgefallen, aber, was besagt das schon? – Und ich vermochte sein Alter zu schätzen: etwas über fünfzig, ein Irrtum, wie sich später herausstellen sollte.

Mehr wusste ich nicht von dem freundlichen Mann, mit dem ich ein »Wie geht's« und ein »Danke, gut« hin- und hergrüßte, Floskeln, im Vorbeigehen. Er hatte, eindeutig, immer etwas mehr Zeit als ich, schien auf ein Gespräch zu hoffen, rief mir kürzlich erst über die Straße hinweg die liebenswürdige Mahnung zu: »Sie wollten mich doch einmal besuchen!« – Aber da schoben sich Autos zwischen seine Aufforderung und meine Antwort, von der ich so schnell nicht wusste, wie sie eigentlich lauten könnte.

Es hat ja auch noch Zeit, dachte ich, aber ich sollte das nächste Mal wirklich zu ihm gehen, was sind schon zehn Minuten, wie viele zehn Minuten vergeudet man nicht sinnlos an einem Tag, und diese zehn Minuten würden nicht einmal sinnlos sein, denn der Mann hatte ja ein Leben gelebt, er hatte sicher etwas zu sagen, er war nur an den Rand gedrängt worden, und er hat es am Herzen, ich sagte es schon, da wird man schnell beiseite geschoben, heute – was soll ich noch berichten?

Gestern hörte ich, dass der Nachbar gestorben ist, Herzinfarkt – Ende vierzig. Nur ein paar Wände trennten sein Leben von meinem Leben – und ein paar Gedankenlosigkeiten. Und der kleine große Irrtum, dass man immer glaubt, alles eines Tages noch nachholen zu können.

Im Wartezimmer: Zeit, mal über sich selbst nachzudenken

Es ist eine geheimnisvolle Welt, in die ich gleich hineingehen werde. Die Welt der leisen Töne, der Schmerzen, der Klagen über die Hinfälligkeit, aber auch der Hoffnungen – es ist die Welt der Arztpraxis, und ihr vorgeschaltet ist ein Raum, der Wartezimmer heißt, weil es den Weg zur Gesundheit ohne Warten nicht zu geben scheint.

Ich mag keine Wartezimmer, weil ich Warten nicht mag. Das ist eine Schwäche, Überbleibsel aus den Hungerjahren nach dem Krieg, als ich stundenlang anstehen musste. Irgendwie komme ich mir seither immer noch vor wie ein Gefangener, wenn ich, eingeklemmt zwischen anderen Patienten, auf den erlösenden Ruf warten muss: »Der Nächste, bitte.«

Jetzt sind schon vierzig Minuten über die Zeit hinweg vergangen, zu der ich bestellt worden war. Ich wollte auch schon mal rausgehen, den Termin anmahnen, aber dann wartete ich geduldig. Wer will schon das Schicksal provozieren, geht es hier nicht um Wichtigeres?

Doch dann meldet sich die eine innere Stimme: Steh auf, geh nach Hause, du hast lange genug gewartet. Der Laden hier ist schlecht organisiert und schließlich gibt es ja noch andere Praxen.

Und dann ist da die andere Stimme: Nun gib schon Ruhe, es wird gute Gründe haben, dass du warten musst. Schau in die Gesichter der Patienten, denen es vielleicht schlechter geht als dir, nutze die Zeit, mal über dich selbst nachzudenken. Zum Beispiel darüber, warum du überhaupt hier gelandet bist, bei deinem temporeichen Leben, das keine Rücksicht auf die Gesundheit kennt.

Wartezimmer, Schicksalszimmer. Wie viele Menschen mögen hier schon ausgeharrt haben, ehe das Fallbeil einer schlimmen Diagnose niedersauste? Der Mann mir gegenüber, etwa um die fünfzig, krümmt sich nach vorne. Er hat offenkundig starke Schmerzen. Ein Notfall, wie ich später höre. Er hatte keinen Termin vereinbart, das hat die jäh ausgebrochene Krankheit ihm abgenommen.

Nun beginnen meine Gedanken Achterbahn zu fahren. Ich will hier raus. Dann wieder: Du willst doch wissen, was mit deinem Herzen los ist. Die Stiche links im Brustkorb. Die Müdigkeit. Das Kribbeln in den Beinen. Dann wieder: Muss ich es wirklich wissen? Geht das alles nicht vorüber, wie es schon so oft vorübergegangen ist? Heilt nicht die Zeit alle Wunden? Sind wir alle nicht nur so lange gesund, bis wir gründlich bis in die Zehenspitzen untersucht wurden?

Jetzt holt die Schwester den Mann mit dem schmerzverzerrten Gesicht. Er stöhnt auf. Mein Gott, denke ich, geht es mir gut. Ich darf mich glücklich nennen: Glück ist Abwesenheit von Schmerz. Hier im Wartezimmer wird mir das so klar wie der Sommertag, der vor dem Fenster steht.

Seltsam, wie sich in diesem Raum plötzlich die Gedanken drehen, wie sich eine Tugend einstellt, die ich lange nicht bei mir gesehen habe: die Geduld. Und dieses »In-sich-hinein-Horchen«, dieses »Nichts-mehr-erzwingen-Wollen«, dieses »Sich-Ausliefern« an einen anderen Menschen, der zu helfen verspricht, ist von einer Milde, die mir guttut.

Denn wir betreten in unserem Leben nur wenige Räume, in denen sich unsere Empfindungen hinwenden zu dem, was im Leben wirklich wichtig ist – das kann ein Kirchenschiff sein, wenn wir im Gestühl beten, ein Krankenzimmer, in dem wir die Tage bis zur Genesung zählen, ein Chefzimmer, in dem sich unser berufliches Schicksal entscheidet – und eben das Wartezimmer eines Arztes.

Da höre ich endlich meinen Namen. Ich werde aufgerufen. Und alles ist vergessen: dass ich, kaum dass ich die Praxis betrat, schon türmen wollte. Dass ich mit der Attitüde »Warum werde ich hier nicht sofort behandelt?« eine unsägliche Figur machte. Was immer der Doktor mir gleich sagen wird: Die vierzig Minuten Warten waren eine Lehrstunde in Sachen Geduld, Demut und Lebensklugheit, die es ganz ohne Rezept gab, ohne Krankenkasse und Gebührenordnung – die ganz wichtigen Dinge kosten ja sowieso nichts, wie wir wissen, auch wenn wir es nicht wahrhaben wollen.

Die Trauer ist der einzige Trost

Ich muss warten. Ich warte ungern. Ja, ich hasse Warten. Vor mir ein Mann im schwarzen Mantel, leicht gebeugt, so um die siebzig. Er redet mit dem Mann an der Kasse. Drei Minuten, vier Minuten. Ich muss warten. Nun redet er hinein in die fünfte Minute.

Ich möchte dazwischengehen, sagen, dass ich es eilig habe, Weihnachtseinkäufe, ich kann hier nicht meine Zeit vertrödeln, nervös sind wir alle, da kann man doch nicht so lange herumpalavern.

Ob der junge Mann mal zu mir herüberschaut, damit ich mich mit meiner Ungeduld bemerkbar machen kann? Vergebens. Er hört dem Mann im schwarzen Mantel zu wie angesaugt.

Geheimnisvoll, warum ich mich nicht traue, ihm zuzurufen: »Sind Sie endlich fertig!?« Oder: »Wird man hier heute noch mal bedient?« Irgendwas Respektloses, das wäre fällig.

Aber ich stehe mit meinen Getränkekisten im Getränkegroßmarkt hilflos herum – und warte. Für Sekunden überlege ich, ob ich die Wasserflaschen einfach stehen lasse und verschwinde:

»Es gibt ja schließlich noch andere Geschäfte.«
Aber ich warte geduldig weiter.

Plötzlich legt der junge Mann an der Kasse seine rechte Hand auf die Schulter des Mannes im schwarzen Mantel, beugt sich vor, flüstert. Dann dreht sich der alte Mann um und ich sehe sein Gesicht: So viel Verlorenheit im Blick habe ich seit Ewigkeiten bei keinem Menschen gesehen.

»Was war denn los?«, frage ich später. »Der Herr, der da eben ging, hat vor vier Tagen seine Frau verloren. Sie starb aus heiterem Himmel, wenn man das bei diesem Wetter so sagen darf. Und denken Sie mal: Weihnachten steht vor der Tür …«

Pause.

»Wissen Sie, der Herr hat niemanden. Keinen Menschen. Die einzige Tochter verheiratet in Amerika. Aber da kann er nicht hinfliegen. Thrombosegefahr, die Ärzte haben es ihm verboten.«

Pause.

»Sie müssen mich entschuldigen, aber in einer solchen Situation muss man doch ganz einfach nur zuhören. Das verstehen Sie doch?«

Pause.

»Ich finde es toll, dass Sie so ruhig gewartet haben. Aber was sollte ich machen? Der Mann wollte wissen, ob er sich überhaupt einen Baum für den Heiligabend kaufen soll. Es sei doch alles so sinnlos geworden nach dem Tod seiner Frau.

Ich habe ihm gesagt: Kaufen. Aber weiß ich, ob das richtig war?«

Pause.

»Man muss einen solch armen Mann in seiner Trauer doch aufbauen, Sie verstehen …« Ich antwortete, es gebe die alte Lebensweisheit, wonach die Trauer der Trauernden einziger Trost ist, diese Trauer dürfe man nicht stören, sie müsse auf dem Strom der Zeit dahingleiten wie eine Woge, bis sie irgendwann ans Ufer schlägt und verebbt.

Und ich dachte, während er die Preise in den Computer tippte: Seltsam, wie sich die Aura eines Menschen verändert, sobald er ein Schicksal trägt. Wie sich um ihn ein Kraftfeld aufbaut, in das wir nicht mit alltäglichen Banalitäten eindringen dürfen. Und dass wir solches auch spüren, ohne dass es uns jemand sagt.

»Wissen Sie, was der Herr vor Ihnen am Schluss zu mir gesagt hat?« Der Mann an der Kasse lächelt nun, als sei ihm Glückliches widerfahren. »Er sagte, das Gespräch mit mir sei für ihn ein vorweggenommenes Weihnachten gewesen. So einfach kann es manchmal sein zu helfen. Das verstehen Sie doch? Und nochmals: Vielen Dank für Ihre Geduld.«

Minuten der Veränderung

Und dann eines Tages: der Weg zum Arzt. Die Untersuchung. Dann das lange Warten, eine Zeit lang im Zimmer nebenan, oder gar ein paar Tage, bis die Befunde aus dem Labor zurückgekommen sind. Und dann wieder der Schritt durch die Tür, der Händedruck, das Platznehmen, der Mann, der nun mehr von uns weiß als wir selber, wird zu uns sprechen – die Diagnose ist da, eine Nachricht, von allen Nachrichten, die es in diesen Tagen gab, ist sie die wichtigste: Denn hier geht es um das nächste Stück Leben.

Und auf eine seltsame Art ist alles plötzlich entrückt, was uns eben noch so dringlich erschien; mögen es nun die Konferenzen in Berlin oder Washington sein; der Disput mit dem Chef in Sachen Rationalisierung – dass die schlimmen Dinge auch immer so hässlich klingen müssen –; das Telefonat mit der Frau – alles ist nun weit fort, nur die eine Nachricht zählt noch, die der Arzt jetzt gleich verkündet, nach der Untersuchung.

Diese Zeit des Wartens – die müsste irgendwo versinken, die dürfte es gar nicht geben. Die eigene Existenz ist plötzlich in ein Halbdunkel geschoben. Die Gedanken kommen nun wild und unkontrolliert.

Wir spüren plötzlich die Kälte einer Einsamkeit, die mit keiner anderen Einsamkeit vergleichbar ist, während wir auf den Arzt warten: Die Freunde wissen nichts, die Familie kann nicht helfen, die Bilder unseres Lebens sind matt, die Hoffnung hat so viele Namen. Es ist ein Gefühl, als ob nun eine Faust nach uns greift, aus heiterem Himmel – und wir wünschen uns eigentlich nur noch ganz bescheiden: dass morgen so wie gestern sein möge, es würde schon genügen.

Während wir warten, blättern wir in der Zeitung, auf der zweiten Seite ist das Foto, das den US-Präsidenten, den mächtigsten Mann der westlichen Welt, an der Hand seiner Tochter zeigt. Kinder trösten Väter, die Ohnmacht kennt keinen Namen, der Schmerz keinen Rang.

Das Schicksal, von dem wir hören, ist weit und fern – und nah. In dieser Welt ist es nicht anders eingerichtet. Spätestens in der Tagesschau können wir exakt sehen, wie der Mann nun aussieht, der da um seine Frau bangt, jede Falte in seinem Gesicht. Und wir werden selber nachdenklich.

Es muss wohl diese Augenblicke in unserem Leben geben, in denen wir innehalten, fragend alles überdenken. Dieser Wettlauf nach den immer neuen Horizonten, die wir nie erreichen, weil sie sich doch immer wieder verschieben, ist ohnehin nicht zu gewinnen. Vielleicht werden uns deshalb diese Momente immer wieder zudiktiert – im Wartezimmer des Arztes, beim Anblick der bösen Schlagzeilen.

Und dann geht's wieder weiter, wieder ein Stückchen Leben ohne Punkt und Komma, aber etwas sanfter werden wir sein, etwas nachdenklicher, vielleicht etwas dankbarer. Das ist mehr als eine ganze Menge!

Kein Anschluss unter dieser Nummer

Gleich wird er sich melden. Ich habe sechs Ziffern gewählt. Ich fand die Nummer in meinem privaten Telefonbuch. Ich entdeckte sie zufällig. Es gab keinen Anlass, den alten Freund anzurufen, außer dem, dass es ihn gibt. Und dass wir sehr lange nicht miteinander telefoniert haben.

Und dass ich neugierig bin und mich gerne mal umschaue auf dieser Weltenbühne, wer da noch mit im Spiel ist. Und wie es den Mitspielern vergangener Tage ergehen mag.

Ich finde es fantastisch, mit dem Wählen von ein paar Ziffern, schnell eingetippt in den kleinen Apparat, in ein anderes Leben einzusteigen, ohne Voranmeldung, ohne reisen zu müssen, ohne jede Strapaze, einfach so: »Hallo, wie geht's, lange nichts voneinander gehört …«

Gleich also wird er sich melden. Wird er überrascht sein, meine Stimme zu hören, wird er vor Schreck gar den Hörer fallen lassen? Oder wird er ganz cool sein, vielleicht sogar im vorwurfsvollen Ton sagen: »Schön, dass du dich mal meldest, ich dachte schon, du vermutest mich in den ewigen Jagdgründen …«

Da ertönt, nach der letzten Ziffer, ein leises Knacken. Aha, denke ich, jetzt kommt der Anrufbeantworter. Dieses ebenso herrliche wie grausame Gerät: herrlich, weil man wenigstens eine Nachricht deponieren kann, grausam, weil der Anruf erst einmal ohne Echo bleibt, ein Gruß hinein ins Leere.

Dann aber, mit kurzer Verzögerung, meldet sich eine eiskalte Stimme, die eigentlich keine menschliche Stimme ist, eher ein technischer Laut, und dieser Laut schiebt mir eine Botschaft ins Ohr: »Kein Anschluss unter dieser Nummer.«

Jetzt sind meine Gedanken wie Blitze in einem schwarzen Himmel. Was ist geschehen? Ist der Freund von gestern – genauer: von vorgestern, denn zu lange haben wir nicht mehr miteinander geredet – noch am Leben? Oder ist er nur umgezogen? In eine andere Stadt, vielleicht gar ins Ausland? Er träumte oft vom Aussteigen. »Mallorca, das hat was.« Ich habe diese Bemerkung von ihm noch in Erinnerung.

Wie auf einer brüchigen Schellackplatte kommt nun dieses unbarmherzige »Kein Anschluss unter dieser Nummer«. Das klingt so endgültig. Da gibt es keinen Spielraum, höchstens für die Fantasie, die jäh aufflackert und sich das Schlimmste ausmalt – warum eigentlich?

Weil »Kein Anschluss …« nichts anderes bedeutet als: »Hier enden alle Wege.«

Ich meine, im Geheimen ein höhnisches Ge-
lächter meines Freundes zu hören: »Ich war für
dich ja doch nichts anderes als eine Nummer,
sonst hättest du doch mal durchgerufen. Aber diese Nummer gibt es nicht mehr. Am besten ist, du
löschst meine Nummer auch in deinem Büchlein,
lieber Freund.«

Noch einmal wähle ich die sechs Ziffern, es
könnte ja ein Irrtum gewesen sein – dann lege ich
enttäuscht den Hörer zurück auf die Gabel, dieses
Stakkato »Kein Anschluss ...« noch im Ohr, diese fünf Wörter, gnadenlos aneinandergereiht.

Nichts Verbindliches ist zu hören, keine Information, etwa in dem Sinne: »Versuchen Sie es, bitte, unter einer anderen Nummer.« Oder: »Wir helfen Ihnen gerne weiter.« Oder: »Der Teilnehmer ist
unbekannt verzogen.« Oder, und dies wäre dann
das Schlimmste: »Der Inhaber ist verstorben.«

Nein, da ist nur schiere Ungewissheit. Ich suche
jetzt die Nummer der Auskunft heraus, will nach-
forschen, ob der Freund noch in der Stadt ist.

Für Sekunden schwanke ich zwischen Hoffnung, ihn doch noch aufzuspüren, und der
Befürchtung: Du hast die sechs Ziffern zu spät
gewählt.

»Kein Anschluss unter dieser Nummer« – das
klingt nicht nur so verdammt grausam. Es ist grausam. Es ist seelenlos. Es ist technisch. Es ist cool.
Es ist so cool wie diese Zeit.

Gefällt wie vom Blitz aus heiterem Himmel

Wir hatten einige Informationen ausgetauscht, mein Freund und ich. Alles war nun gesagt. Ich wollte gerade den Hörer auf die Gabel legen, da stellte er mir plötzlich noch eine Frage:

»Kennst du eigentlich R.?« Ich antwortete: »Ja, wenn auch nur flüchtig.« Da sagte er: »Dann wird dich vielleicht interessieren, dass R. tot ist. Gestern gestorben. Gefällt wie vom Blitz aus heiterem Himmel.«

Sofort war in mir ein Gefühl der Trauer und ich sah R. vor mir, wie ich ihn zuletzt gesehen hatte: bei einem Italiener an einer großen Tafel, umgeben von Freunden.

Er war vom Süden gekommen, in seinem Gesicht die Spuren eines Lebens in einer Landschaft, wo sich Palmen im Wind wiegen, wo jeder Atemzug in seiner Villa am Meer pure Gesundheit ist.

Undenkbar, dass dieser vitale Mann nicht mehr lebt. R. war um die sechzig, kein Alter für einen Menschen wie ihn, der für sich lebensverlängernde Zauberkräfte aktivieren konnte: Sport mit einem Personal Trainer, Check-ups jedes halbe Jahr, eine glückliche Ehe obendrein und im Geschäftlichen eine leichte Hand, die, so schien es, fast spielerisch den Reichtum einsammelte, in dem er sich wohl fühlte.

»Aus heiterem Himmel«, hatte mein Freund gesagt. Ich wunderte mich, dass so viel Trauer in mir entstehen konnte, da ich R. doch nur oberflächlich kannte. Die wenigen Sätze, die ich mit ihm vor Monaten gewechselt hatte, sollten ja erst der Beginn einer Bekanntschaft sein.

Aber dann, schon Sekunden später, schob sich ein zweites Gefühl in mein Bewusstsein: der Gedanke nämlich, ob meine Trauer um den Fremden eine wirkliche Trauer war? Oder ob ich es hier nicht vielmehr mit meinem Erschrecken darüber zu tun hatte, wieder einmal mit der Brüchigkeit des Lebens konfrontiert zu sein.

Schau her, sagte eine leise Stimme in mir, so schnell kann alles zu Ende gehen, so brutal kann man stürzen, »aus heiterem Himmel«.

Ein Stolpern des Herzens, und du bist aus dem Rennen genommen, alles vermeintlich Wichtige wird im Nu so unwichtig wie nur irgendwas.

Herr R. hatte noch so viel vor, Geschäftliches und Privates. »Und spätestens zur Skisaison in Kitzbühel im Februar bin ich wieder bei euch«, hatte er seinen Freunden versprochen. Der Mensch denkt, Gott lenkt.

Ich fand es nun nicht nur unheimlich, es beschämte mich auch, wie schnell sich meine Ge-

121

danken von R. abwandten und die Gefühle der Trauer beiseite schoben, als seien sie nichts.

Und wie sich plötzlich der Egoismus meldete, dieser kleine Teufel, indem sich andere Gedanken bei mir einschlichen, die nichts mehr mit R. zu tun hatten. Da ging es um meine Gesundheit, ob ich mich nicht endlich einmal wieder zum EKG bei meinem Arzt anmelden müsste, höchst banale Gedanken, zugegeben. Und unangemessen in diesem Augenblick, da ich die traurige Nachricht erhielt.

Ja, dieses brutale Nebeneinander von Trauer und Egozentrik machte mir zu schaffen.

Und auch die Zeilen, die Max Frisch in seinem »Tagebuch« notierte und die ich zufällig gerade gelesen hatte, änderten daran nichts, auch wenn sie die schmerzhafte Stelle in unserer Seele berühren.

Der Dichter nämlich schrieb: »Wenn wieder ein Bekannter gestorben ist, überrascht es Sie, wie selbstverständlich es ist, dass die anderen sterben? Und wenn nicht: Haben Sie dann das Gefühl, dass er Ihnen etwas voraushat, oder fühlen Sie sich überlegen?«

Das alljährliche Herbsttheater:
Wenn Männer erkältet sind ...

Spätestens in jenem Augenblick, da meine Frau nur lakonisch meinte: »Nimm dir doch ein Beispiel an Genscher!«, wusste ich, wo ich mich auf der Skala ihres Mitgefühls befinde: ganz unten, dort, wo gar nichts zählt, kein Schnäuzen, keine Heiserkeit, kein Husten. Auch der Schal, den ich schon nachts beim ersten Halsschmerz umgebunden hatte, erweckte bei ihr morgens eher einen neugierigen als einen mitleidigen Blick. Wir waren also wieder einmal mittendrin im Alltagstheater eines nasskalten Herbstes mit dem Titel: »Wenn Männer plötzlich erkältet sind«.

Denn die erschreckende Wahrheit ist: Mit einer solch simplen Sache kommt man heute als Mann nur noch schwer in die Gnade der Fürsorge, die man – nach eigenem Verständnis – gerade jetzt doch so dringend braucht.

»Genscher fliegt, kaum nach einem Infarkt aus dem Bett gejumpt, und auch als Pensionär, mal eben nach New York«, sagt sie, um dann die kurze Frage anzuhängen: »Und was machst du?«

Während ich dennoch dem Bett zielstrebig entgegenwanke, das Fieberthermometer in der einen, den Grog in der anderen Hand, wobei ich – zugegeben: etwas bockig – den Stoßseufzer loslasse: »Ich bin nun mal eben kein Genscher!«, ist Madame immerhin bereit, mir die Decke aufzuschlagen, kranke Männer brauchen das.

Plötzlich fällt mir ein, dass wir heute zu einer Party eingeladen sind. »Da wirst du wohl allein hingehen müssen«, sage ich nur zwischen zwei Niesattacken, worauf sich ihr Gesicht leicht verfinstert, sie hat dieses Malheur wohl kommen sehen. »Ohne dich nie! Du bist doch wohl nicht deshalb krank geworden?« Aus. Punkt. Hatschiii …

Während ich nun das Heizkissen auf die höchste Wärmestufe schalte, quält mich die philosophische Frage, warum Grippemänner eigentlich so wenig ernst genommen werden. Da höre ich, welch ein Trost, wie meine Frau im Nachbarzimmer mit meiner Tochter telefoniert – die Nachricht vom »kranken Vater« ist immerhin bei diesem Telefonat die familiäre »Spitzenmeldung«.

Inzwischen messe ich die Temperatur, 37,9 Grad, immerhin! Als sie mich fragt, lege ich aber zur Vorsicht mal zwei Zehntel zu: 38,1 – sage ich. Nun müsste sich – denke ich – ihre Mitleidsschleuse ganz weit öffnen, aber Irrtum.

»Kein Grund zur Aufregung«, höre ich nur. »So etwas haben wir doch früher im Stehen abgemacht.« – »Ja, ja«, antworte ich, »aber ich bin trotzdem leider kein Genscher«, schiebe ich, immer noch innerlich verletzt, mürrisch nach.

Dann endlich: der Schlaf. Der Magier. Dieser Wundertäter. Diese Hoffnung, nach Stunden aufzuwachen und alles ist dann vielleicht vorbei: das Frösteln, der Halsschmerz, die 37,9 Grad.

Mein Schlaf dauert nonstop vierzehn Stunden. Es muss für sie eine lange Zeit gewesen sein, Zeit genug zum Nachdenken für starke Frauen über schwache Fieber-Männer. Denn als ich aufwachte, beugte sie sich zartfühlend über mich: »Ich glaube, du bist über den Berg.«

Und als ich sie nun gar mit der Nachricht verblüffte, ich könne sofort aufstehen, flötete sie mir nur ein »Frühestens morgen« zu – Balsam für meine Seele. Sie hatte sich in den vielen Stunden, da mein schlafender Körper mit der Influenza kämpfte, in eine Samariterin zurückverwandelt, wie schön, sie servierte sogar Tee mit Honig, na bitte.

Warum nicht gleich so! Frauen sollten viel mehr Erbarmen mit ihren erkälteten Männern haben, nicht wahr?

Plötzlich ist es zum Reden zu spät

Da stand dieser Satz, dieser eine Satz, und ich lese ihn immer und immer wieder. Geschrieben von einer Frau, die ihren Mann Tage zuvor verloren hat, durch einen Autounfall, aus heiterem Himmel, wie man so sagt, obwohl dieser Todestag ein grauer deutscher lichtloser Wintertag war. Und es war nur dieser eine Satz in ihrem Brief, der mich plötzlich gefangen hielt und herausforderte.

»Durch den Tod meines Mannes hänge ich oft meinen Gedanken nach und erkenne nun schmerzhaft, dass so vieles Wichtige selbst zwischen uns auch in über dreißigjähriger Ehe unausgesprochen blieb – und heute ist es zu spät.«

Als ich diese Zeilen las, war mir zumute, als würde sich eine Tür öffnen, die auch ich bisher immer verschlossen hielt. Denn sie führt mich – fast hätte ich gesagt: gnadenlos – hinein in die Welt all jener Gedanken, die sich hinter einer einzigen Chiffre verstecken: Bitte, bitte nicht schon jetzt darüber sprechen, vielleicht einmal irgendwann später.

Ja, vielleicht später über all diese sorgsam verdrängten Fragen reden, die sich mit dem Tod verbinden, dem eigenen Tod, dem Tod des Partners, mit dem Testament, mit den Verfügungen aller Art, vielleicht sogar bis hin zum zeremoniellen Ablauf der Trauerfeier.

Wer mag das schon bedenken und bereden während der Sausefahrt durchs Leben, das man in seinen glücklichen Momenten sogar endlos wähnt – und unangreifbar.

Ich habe die Freundin vergangener Tage angerufen, die mir von diesem »Zu spät« geschrieben hatte, wollte die Gründe erforschen, warum es in ihrer doch so wunderbaren Ehe keinen Gedankenaustausch gegeben hat über die letzten Dinge, aber auch die verschwiegenen Probleme. Obwohl doch beide sich dem 70. Geburtstag näherten, sich also im Herbst des Lebens befanden und scherzhaft nur darüber stritten, ob es für sie noch September sei oder nicht doch schon Oktober …

»Ich mochte meinen Mann mit derlei Dingen nicht belasten, er arbeitete immer noch hart und hätte für meine seelischen Ergüsse vermutlich kein Verständnis gehabt«, sagte sie und spürte doch im selben Augenblick: Das allein konnte es nicht gewesen sein.

»Ich habe dann in letzter Zeit wohl ein paar zaghafte Anläufe unternommen, aber mein Mann blockte alles immer sofort ab«, sagte sie nun und wusste zugleich: Es mag ja in jungen Jahren klug und richtig sein, die dunklen Seiten des Lebens auszublenden, aber war es auch noch richtig, wenn die Lebensuhr immer schneller hinein ins Alter läuft?

Dann hielt sie inne. Meinen Trost, dass es vielleicht Liebe war, die ihren Mann veranlasst hatte, dieses eher dunkle Thema zu meiden, wollte sie nicht gelten lassen: »Es ist immer dasselbe. Man denkt, es hat ja noch Zeit, morgen ist auch ein Tag. Aber dann hältst du doch plötzlich inne und du fragst dich: Wie konnte dir das passieren?«

Ungewöhnliches Telefonat
mit einem Arzt

Es war ein höchst ungewöhnlicher Telefonanruf, der mich in diesen Tagen erreichte. Am Apparat war ein Mann, der von mir mehr gesehen hat, als ich selbst je von mir sehen konnte oder je sehen werde.

Denn er hat mich, Monate ist es nun her, operiert. Eineinhalb Stunden dauerte die Unternehmung, ich erinnere nichts, die Narkose war tief.

Ich weiß nur, dass ich beim Aufwachen, beim Hinausgleiten aus einem traumlosen Dämmern und beim Hineingleiten in den Nachmittag, der sonnenhell vor dem Fenster des Krankenzimmers stand, einen einzigen Gedanken hatte: Menschenskind, da bist du noch einmal davongekommen.

Vor dem Eingriff hatte es noch ein Gespräch gegeben, Arzt-Patient, Informationen über mögliche Risiken, kein Zeuge war dabei. Der Patient im Spannungszustand vor der Operation, der Arzt im Niemandsland zwischen dem Vertrauen des Patienten in seine Kunst und der Furcht, dass der Patient, eben noch so zutraulich, später mit Anwälten daherkommt, sollte beispielsweise durch einen Schnitt in einen Nervenstrang …

»Wir operieren im Millimeterbereich, aber daran wollen wir lieber gar nicht denken«, so hatte der Arzt damals geredet. Das Szenario einer Komplikation wollte er mir – und wohl auch sich selbst – ersparen. Dann sah ich ihn nur noch einmal: bei der Chefarzt-Visite am nächsten Morgen. Er rauschte ins Zimmer wie die Chefärzte im Fernsehen, ein Schwall junger Kollegen hinter sich. Er war eilig, er müsse jetzt nach Amerika, zu einem Vortrag.

»Und wenn ich zurück bin, sind Sie schon zu Hause, heute geht doch alles viel schneller«, sagte er. »Übrigens, es ist bei Ihnen alles gut gelaufen.« Das sagte er auch noch.

Die großen Könner sind bescheiden. Sie klopfen sich nicht selbst auf die Schulter. Und ich fand in der Minute, verdammt noch mal, kein Wort des Dankes. Es war ja nicht hundertprozentig sicher, dass der Eingriff so fabelhaft klappen würde. Es hätte ja auch anders kommen können. Operation ist schließlich Operation.

In den folgenden Monaten verblasste bei mir die Erinnerung, bis dann das ganze Geschehen in schnellen Bildern plötzlich wieder auftauchte – durch das Telefonat. Am Apparat: der Arzt von damals.

Er beruhigte mich, noch ehe ich aufschrecken konnte: Nein, es gebe keinen besonderen Grund, mich anzurufen. Er wollte sich nur einmal nach meinem Befinden erkundigen. Er wollte wissen, ob die Genesung wirklich so verlaufen sei, wie er es mir damals prophezeit hatte.

Für einige Augenblicke war ich sprachlos.

Das hatte ich zuvor noch nicht erlebt, dass sich ein Arzt von sich aus meldet, um noch einmal nachzuforschen, wie sein Patient mit der Krankheit, der Operation, dem Trauma möglicherweise – wie er mit all dem fertig geworden ist. Und ob er nun das Krankenblatt beruhigt ins Archiv schicken könne.

Und was speziell die Operateure angeht, da dachte ich sowieso, was andere Patienten denken: Die greifen zum Skalpell, fokussieren das Operationsfeld, schneiden hinein in den Körper, der da betäubt vor ihnen liegt – und dann ist die Sache für sie erledigt. Seit wann ist das Skalpell auch für die Seele zuständig?

Nun konnte ich ihm doch noch sagen, was ich damals bei der Visite versäumt hatte: ein Wort des Dankes.

Wenn dich das Glück verlässt und du bist schwer erkrankt, dann gibt es niemanden als den Arzt, kein anderer kann dir da helfen, sagte ich.

Und wieder kam eine Antwort, die mich überraschte: »Sie irren, es gibt außer uns Ärzten noch jemanden: Gott. Ohne ihn sind auch wir Ärzte machtlos. Aber das wollen die meisten Patienten heute immer weniger wahrhaben.«

131

Wann überschreiten wir
die Grenze zum Alter?

Irgendwann gehen wir über die Grenze. Wir wissen nicht, wann es geschieht. Vielleicht betreten wir auch zuerst ein Niemandsland, in dem wir noch ein bisschen hin und her schwanken in dem trügerischen Gefühl, »eigentlich noch ganz jung zu sein«.

Aber irgendwann werden wir dann doch unerbittlich über diese Grenze in das weite unbekannte Land gestoßen, das Alter heißt. Es kann eine schwere Grippe sein, eine unerwartete Kündigung in der Firma, ein Todesfall, irgendein Schicksalsschlag.

Und wenn wir diese Hürde überwunden haben und uns wieder einfädeln in den Strom des Lebens, kommt plötzlich der Augenblick, in dem wir erkennen müssen: Auf die Überholspur kommen wir nun nicht mehr rüber.

Wann er sich denn entschieden habe, alt zu sein, wurde kurz vor seinem Tod Marcello Mastroianni gefragt, der sich als weltbekannter Schauspieler und Frauenheld sehr schwer mit dem Gefühl tat, von dieser Lebensbühne eines Tages einfach so verschwinden zu müssen. »Jede Verlängerung des Lebens würde mich trösten«, bekannte er, schon über siebzig, als er also zumindest im Niemandsland angelangt war.

Ob man alt sei, entscheide man nicht. Das komme von außen, vom Himmel, von irgendwoher – sei dann aber mit aller Macht da, und irgendetwas habe sich von diesem Moment an verändert.

»Als ob ein Rädchen im Getriebe nicht mehr richtig funktioniert«, sagte der Schauspieler. »Vielleicht ist es nur eine Falte am Mund, eine Falte auf der Stirn.«

Verständlich, dass einer aus der Gilde der Schauspieler, die sich manchmal selbstironisch auch gerne »Gesichtsverleiher« nennen, zuerst an die äußere Wirkung denkt.

Aber dann, welch ein Trost, kriegt Marcello (ein wohlklingender, verführerischer Name!) doch noch die Kurve zu seiner schönsten Rolle als Frauenbetörer: »Vielleicht ist plötzlich auch der Blick anders, mit dem man jetzt den Frauen folgt: milder, weniger aggressiv.« Ja, er sei nun in einem Alter, »in dem die Frauen dich in den Schlaf wiegen wollen, und tatsächlich schläfst du auch glücklich ein«.

Und wo ist der Punkt, an dem er die Grenze zum Alter überschritt, raus aus dem Niemandsland, wo man sich noch etwas in die Tasche mogelt von wegen »ewige Jugend«? Vielleicht war es wirklich der Moment, an den er sich genau erinnert, als seine Tochter ihn an die Hand nahm, weil der Vater eine stark befahrene Straße überqueren musste.

Wenn eine Entwicklung innerlich vorbereitet ist – und das Älterwerden macht keine Ausnahme –, dann nimmt sie eines Tages unweigerlich ihren Lauf, unter Umständen dramatisch mit den schon erwähnten Schicksalsschlägen. Doch manchmal kommt sie auch maskiert daher, in kleinen Schritten, in absichtslosen Gesten, die hilfreiche Hand der Tochter oder auch die eines Fremden am Straßenrand kann es sein.

Als mich gestern jemand sieben Jahre jünger schätzte und ich sofort drei Jahre davon abrechnete, weil ich seine freundlichen Worte ganz simpel für ein liebenswürdiges, aber übertriebenes Kompliment hielt, da blieben nach Adam Riese immer noch vier Jahre übrig, die ich nach seiner Meinung jünger ausschaue, als ich bin.

Und was soll ich sagen: Es gefiel mir! Es ist zwar idiotisch, aber es gefiel mir. Warum will man eigentlich nicht zu seinem Alter stehen, warum ergibt man sich dem grassierenden »Jugendwahn«?

Die ausgleichende Gerechtigkeit, die in unser Leben auf wunderbare Weise eingebaut ist, schenkt den Alten angeblich, was es nur jenseits des Niemandslandes gibt: die Weisheit des Alters.

Ich wünsche mir, dass mich diese Weisheit rechtzeitig erreicht: damit ich mit ihr mein Alter besser meistern kann. Ich fürchte nämlich nach allem, was ich darüber gelesen habe: Man hat diese Weisheit an dem Tag, da man über die Grenze geht, wirklich bitter nötig.

Verloren in der Suche
nach dem Sinn des Lebens

Sie saßen beim Frühstückstisch, als die Nachricht kam. Sie kam per Telefon aus der benachbarten Stadt. Die Frau sagte nur: »Das ist ja schrecklich.« Und dann, nach einer Weile, fügte sie noch hinzu: »Ich hab es kommen sehen.« Aber sofort bereute sie, so weit gegangen zu sein, denn eigentlich ging es sie ja gar nichts an, wie der Freund mit seinem Leben umging, das nun ganz plötzlich zu Ende war – Herzinfarkt.

Die Frau setzte sich an den Tisch zurück, legte ihre Hand in die Hand ihres Mannes, eine zärtliche Geste, irgendetwas musste sie tun. Der Schmerz über die Nachricht war in sie hineingefahren wie ein Blitz, und wenn sie auch gesagt hatte, sie habe es kommen sehen, so ist es doch ein Unterschied, ob man etwas für möglich hält oder ob es plötzlich da ist: unwiderruflich und gnadenlos.

Nun sagte der Mann, es sei ja auch kein Wunder, »so wie der sich aufgerieben hat«. Alles habe er an sich gerissen, »ich habe das nie verstanden«. Aber so sei es nun mal im Leben: Die Rechnung werde präsentiert.

Er habe seinen Freund sogar gewarnt, erst vor drei Wochen, als sie sich zufällig in der Fußgängerzone trafen. Ja, er solle doch endlich kürzer treten, schließlich sei er nicht mehr der Jüngste, weit über 65, da liegen doch andere schon lange in Mallorca auf der faulen Haut.

Ach, sagte die Frau, ich dachte, ich sei die einzige in unserem Freundeskreis gewesen, die ihn gewarnt habe. »Du also auch, das tröstet mich.« Als ob man leichter zu seinem Seelenfrieden findet, wenn man noch einmal addiert, was man alles so sagte und schrieb, als er noch lebte, weil man es doch nur gut mit ihm meinte.

»Ja, es war in der Fußgängerzone, ich weiß es genau«, wiederholte der Mann, »ich habe sogar das Wort Loslassen gebraucht.« Ich hab' ihm gesagt, er müsse endlich loslassen können. Das sei ihm umso leichter gefallen, als sein Freund darunter litt, dass es in seiner Firma jetzt auch mit dem Mobbing losgehen würde.

Wie er so dastand, in der Fußgängerzone, blass und schmaler geworden, der Blick immer wieder abschweifend, da habe er schon die Frage an seinen Freund auf der Zunge gehabt: »Glaubst du wirklich, dass sie in der Firma noch dein Gesicht sehen wollen, wo doch heute junge, frische, unverbrauchte Gesichter gefragt sind?«

Aber diese Frage hatte er natürlich nicht gestellt: Angst, ihn zu beleidigen; Angst, die Freundschaft zu riskieren, die ohnehin darunter litt, dass man sich so selten sah; Angst, dass etwas zerspringen könnte zwischen ihnen, den alten Kollegen.

Nun sagte die Frau doch, was sie eigentlich nicht sagen wollte, vor allem nicht in diesem Augenblick, aber sie konnte nicht anders, und sie schämte sich schon im selben Moment: »Gut, dass ich dich überredet habe, rechtzeitig auszusteigen.«

Da ging durch ihren Mann ein Ruck. Er müsse jetzt erst einmal um den Block gehen, um Luft zu schnappen, um über alles nachzudenken. »Soll ich mitkommen?«, fragte sie. Aber er stand schon in der Tür, so schnell drängte es ihn fort, er konnte die Analyse des Todes nicht mehr ertragen.

Er wollte nicht weiter über Loslassenkönnen und Aussteigerei herumreden, weil er doch, jahrzehntelang in dem harten Geschäft wie sein Freund, auf die alles entscheidende Frage keine Antwort je würde geben können: Was hätte sein Freund denn noch alles vor sich gehabt, wenn er zuvor alles aufgegeben hätte – die Firma, die Kollegen, die Gespräche, die Konferenzen, die kleine und doch so große Welt des Berufs?

Vielleicht nur ein einsames Leben, verloren in der Suche nach Inhalt und Sinn. Und weil keiner diese Antwort kennt, soll auch keiner darüber reden und richten.

Ein Augenblick, da ich mich hätte melden müssen

Liebe Freundin, es gibt Gedanken, die sind plötzlich da, sie lassen sich nicht abschütteln, sie drängen nach vorn. Der Gedanke, Dir endlich schreiben zu müssen, ist ein solcher Gedanke.

Und ich gestehe: Ich schreibe Dir im Gefühl der Traurigkeit darüber, dass ich der Trauer nicht gerecht wurde, die ich empfand, als wir um Dich waren, als wir auf dem Friedhof bei klirrender Kälte Abschied nahmen und der Wind die Worte verwehte, die am offenen Grab über Deinen Mann gesprochen wurden.

Es gab dann dieses Defilee der Trauergäste, viele zogen wortlos an Dir vorbei, weil in der Kirche schon alles gesagt worden war, was menschliche Stimmen im Angesicht der Majestät des Todes noch zu sagen vermögen.

Dann kam, ein paar Tage später, eine schwarz umrandete Karte, in der Du Dich für die Anteilnahme bedankt hast, und noch heute weiß ich, dass Du auch die stummen Umarmungen in Deinen Dank mit einbezogen hast, weil es nicht jedem Menschen gegeben war, den Schmerz der Trauer in Worte zu kleiden.

Wir haben uns später noch einmal getroffen, bei einem dieser halboffiziellen Empfänge, zu denen auch die Witwen eingeladen werden, der Name des Mannes steht noch auf der Liste, da traut sich so schnell keiner, ihn durchzustreichen; und sicher hast Du mit Dir gekämpft: Soll ich kommen, soll ich absagen? Meinen sie mich, wenn sie mich einladen, oder bin ich nur hier inmitten der vielen, weil mein Mann hier früher Gast war, ein wichtiger Gast, dessen Name anderntags immer in der Zeitung stand.

Es war bei diesem Empfang, dass ich Dich fragte, ob der Schmerz der hochgepeitschten Trauer sich in langen Wellen langsam niederlegt. Und ich hörte von Dir, dass die Trauer nicht kleiner würde, sondern größer, mächtiger, unheimlicher.

Unser kurzer Dialog wurde dann jäh unterbrochen, weil sich jemand dazwischendrängte. So versprach ich nur, mich bald zu melden. Und irgendwie fühlte ich mich erleichtert: Was hätte ich noch Tröstendes sagen können, umringt von Menschen mit Champagnergläsern in der Hand, umsummt von Stimmengewirr, Partygerede: ob St. Tropez in diesem Sommer angesagt ist oder doch besser die Hamptons vor New York, ob Chanel oder Valentino, ob die Aktien steigen oder sinken ...

Auch dieser Empfang hätte in meiner Erinnerung gar keine Bedeutung mehr, wenn es nicht jenen fragenden, hilflosen, gleichsam nach innen gewandten Blick gegeben hätte, den ich bemerkte, als ich mich von Dir trennte, ein Blick, der mir bedeutete: Ich hoffe, Du meldest Dich, wie Du es jetzt versprochen hast.

Und nun beginnt die Strecke des Weges, die ich in dem Gefühl überblicke, versagt zu haben. Ich hätte mich melden müssen! Telefonieren. Schreiben. Blumen schicken. Ein Treffen in der Stadt vorschlagen. Einen Spaziergang im Park, der sich in der Nähe des Friedhofs ausbreitet, wie geschaffen zu Gesprächen fernab vom Lärm der Stadt. Gespräche, die den Menschen mit einbeziehen, dem unsere Trauer gehörte an jenem klirrend kalten Wintertag.

Warum geschah nichts dergleichen? Wenn ich in mich hineinhorche: Aus Angst? Aus Gleichgültigkeit? Aus Selbstschutz? Vielleicht aus einer Mischung alldessen.

Zwei-, dreimal hatte ich schon den Telefonhörer in der Hand, aber dann kam dieser Gedanke: Das erste Mal allein mit Dir ohne Deinen Mann, das muss arrangiert werden, das geht nicht so nebenbei. Vielleicht ein Abend mit mehreren gemeinsamen Freunden. Dann der Versuch, sie alle auf einen Termin zu vereinen, ein kühnes Unterfangen in dieser Zeit, da kaum noch einer da ist, wo er eigentlich hingehört.

Kurzum: Weil das Große nicht klappte, unterblieb das Kleine, das ganz Alltägliche, das gleichwohl so einfach gar nicht ist, wie es ausschaut. Indem ich Dir schreibe, wird mir bewusst, wie falsch es war, nicht meiner Eingebung zu folgen, sich wenige Tage später »einfach nur so« zu melden, sondern etwas in Szene setzen zu wollen, was in Deiner Situation fürs Erste ohnehin nicht auf der Wunschliste ganz oben steht. Verzeih mir also bitte, wenn ich Dich morgen anrufe, um nachzuholen, was ich versäumt habe.

Schlaf ist der Mantel,
der alle Sorgen zudeckt

Gestatten Sie, dass ich mich Ihnen vorstelle: Ich bin der Schlaf. Ich bin das größte Mysterium Ihres Lebens. Ich hoffe, Sie haben heute Morgen, weil Sonntag ist, eine Extraportion bekommen. Ich hoffe, Sie konnten tief und fest wie ein Murmeltier durchschlafen, um dann die Krönung des Tages schon am Morgen zu erleben: Sie fühlen sich so richtig rundum wohl und ausgeschlafen. Was gibt es vor dem Morgenkaffee und der Zeitungslektüre Schöneres, als sich noch einmal umzudrehen, sich zu strecken, weiterzuträumen, in Orpheus' Armen zu liegen, die Welt da draußen zu vergessen, die uns am Sonntag etwas milder erscheint, an den anderen Tagen aber dröhnend und fordernd vor unserem Bett steht und uns unbarmherzig rausreißt, mit oder ohne Wecker.

Ja, ich bin der Magier Ihres Lebens. Ich bin der Wächter Ihrer Gesundheit. Ich bestimme, wie Ihr Tag verläuft. Kein Wunder, dass nicht nur Ärzte, sondern auch Philosophen sich seit Jahrtausenden mit mir befassen. Schon der griechische Arzt Hippokrates erkannte vor über zweitausend Jahren, dass im Pendelschlag zwischen Wachsein und Schlaf das richtige Maß über die Lebensqualität entscheidet: vernachlässigt man das eine, leidet das andere. Unausgeschlafene Menschen sind nervös, oft ungerecht, ja gefährlich; wir spüren es spätestens dann, wenn wir das Pech haben, bei einem unausgeschlafenen Chef um eine Gehaltserhöhung zu bitten.

Mein bester Freund unter allen Philosophen ist Arthur Schopenhauer, der über die Kunst des Lebens und über mich lange nachgedacht hat: »Der Schlaf ist der an den Tod zu zahlende Zins, je pünktlicher und reichlicher der Mensch zu dieser Zinszahlung bereit ist, desto später wird das Kapital zurückgefordert.« Mit anderen Worten: Wenn es um das Zeitkonto geht, kann man nicht ungestraft tricksen.

Die Frage, die ich inzwischen im Schlaf beantworten kann, weil ich sie immer wieder höre: Wann zahlt man am besten diese Zinsen. Nur nachts? Oder gehört auch das Mittagsnickerchen dazu? Schlafforscher plädieren dafür. Der Autor dieser Kolumne hatte, im siebten Lebensjahrzehnt stehend, einem gleichaltrigen Freund gestanden: Ich kämpfe gegen den Mittagsschlaf, weil ich diesem »Laster« so spät wie möglich nachgeben will, um nicht so alt zu erscheinen. Worauf der Freund antwortete: »Ich verstehe dich überhaupt nicht; wenn ich morgens aufwache, ist mein erster Gedanke: Wie freue ich mich jetzt schon auf den Mittagsschlaf.«

Die Deutschen, das wurde soeben amtlich festgestellt, schlafen immer weniger. Waren es vor ein paar Jahren noch durchschnittlich acht Stunden, so sind es jetzt nur noch sieben, in denen wir »an der Matratze horchen«. Das mag viele Gründe haben, einer ist sicher neben schwankenden Arbeitszeiten und medialer Dauerberieselung eine zunehmende Lebensgier. Bloß nichts verpassen, immer in Eile leben nach dem Motto: »Wenn ich tot bin, schlafe ich noch lange genug.« So schleppt der moderne Mensch sich oft gähnend durch viel zu lange Tage. Aber im Umgang mit mir darf man nicht mogeln, eingedenk des klugen Wortes: »Was man dem Schlaf raubt, holt sich die Krankheit wieder.«

Ich möchte, liebe Leserin, lieber Leser, dass Sie diese Botschaft verstehen, die für Ihre Gesundheit so wichtig ist. Die erlauchtesten Geister haben sich mit mir intensiv beschäftigt, das macht mich stolz. Für Friedrich Hebbel war der Schlaf »ein Hineinkriechen des Menschen in sich selbst«, für Salvador Dali sogar »eine Art Ungeheuer, in dem der Körper verschwindet«. Nach einem anderen Wort bin ich ein Mantel, der alle Sorgen zudeckt. Es gibt Gott sei Dank auch amüsantere Definitionen, die ich mit Schmunzeln gelesen habe, sobald ich mal einen wachen Moment hatte. Für Vittorio de Sica, den großen italienischen Regisseur (»Fahrraddiebe«) war das Fernsehen das einzige Schlafmittel, das mit den Augen eingenommen wird, für Bernhard Shaw war der Schlaf im Theater sogar eine durchaus erlaubte Form der Kritik.

Das berühmteste Wort, das ich über mich kenne, stammt von Napoleon: »Fünf Stunden Schlaf für einen reifen Mann, sechs Stunden für einen Jüngling, sieben Stunden für eine Frau und acht Stunden für ... einen Dummkopf.« Dazu mein Kommentar: Napoleon hat mich überhaupt nicht begriffen, vielleicht ist er deshalb ja auch letztlich gescheitert ...

Traurigkeit gehört auch zum Leben

Ich hielt das Buch einige Minuten in meiner Hand, wendete es hin und her, las über den Inhalt im Klappentext, dass die Autorin Christiane Singer von einem jungen Arzt ihr Todesurteil hörte – »Sie haben unheilbaren Krebs, Sie haben nur noch sechs Monate zu leben.« Daraufhin legte ich den schmalen Band auf den Verkaufstisch zurück – warum soll ich mich mit dem Schicksal einer mir völlig fremden Frau auseinandersetzen, die das Tagebuch ihres Sterbens aufgeschrieben hat, »letzte Fragmente einer langen Reise« – sicher keine erbauliche Lektüre, vielmehr ganz schwere Kost, »die eindringliche Aufforderung, die oft so belastende Banalität der Welt hinter sich zu lassen und sich auf das Wesentliche zu konzentrieren«.

Doch dann, Sekunden später, nahm ich das schmale Büchlein mit dem Titel »Alles ist Leben« nochmals in die Hand, weil ich gelesen hatte, dass es in Frankreich in kurzer Zeit über 100 000mal verkauft worden ist. Sind so viele Menschen seelisch stabiler als ich, dass sie sich eine so tieftraurige Lektüre freiwillig antun? Dann ging ich doch mit dem Buch zur Kasse, fuhr nach Hause, be-

gann zu blättern und stieß auf einen Kinderaus-
spruch, der mich sofort begeisterte – und nachdenklich stimmte.

Die todgeweihte Autorin erzählt von einer Kran-
kenschwester, Mutter einer vierjährigen Tochter,
die beim Aufwachen am Morgen hörte, wie ihre
kleine Eva sagte: »Mama, heute bin ich ganz, ganz
traurig.« Darauf die Mutter: »Dann lass mich ganz
fest auf deine Traurigkeit pusten, damit sie fort-
fliegt.« Genau das wollte das kleine Mädchen aber
gar nicht hören: »Oh nein, lass mir die Traurigkeit
doch bitte noch ein bisschen.« Nimm sie mir
nicht weg, ich möchte mich wenigstens noch kurze Zeit einkuscheln in diese Melancholie – das war
die Botschaft des Kindes, eine überraschende, völlig unverbildete Reaktion.

»Welch eine Weisheit der kleinen Eva: Mit einem Schulterzucken weist sie unsere heutige Haltung von sich, die darin besteht, nur Spaß, Erfolg
und Amüsement haben zu wollen«, notierte
Christiane Singer über diese Schlüsselszene ihrer
auf dem Sterbebett gewonnenen Lebensphiloso-
phie, die da lautet: Leben ist ALLES – das Gute
und das Schlechte, die Wahrheit und die Lüge, die
Gesundheit und die Krankheit, das Heitere und
das Ernste, das Glückliche wie das Tragische. Natürlich versuchen wir, die Traurigkeit zu überspie-
len, wenn sie sich in unser Leben einschleichen
will, und wir sind in den Methoden auch nicht

zimperlich – mit dem schnellen Griff zu den »Glückspillen« einer erfindungsreichen Arzneiindustrie geht es los …

Leben wir nicht alle im Pendelschlag zwischen diesem ganz selbstverständlichen Wunsch, ein Leben ohne Melancholie und Trauer führen zu können, und der Erfahrung, dass Zeiten der Schwermut zum Leben einfach dazugehören? Wenn ich die maßlose Gier beobachte, mit der heute Prominente den Tanz um das goldene Kalb aufführen, wenn ich die Schamlosigkeit sehe, mit der aus Raffgier Millionen Menschen um Hab und Gut gebracht werden, dann zeigt dies nur eines: Diese Gier ist zu einer Massenkrankheit geworden. Erfolg haben zu wollen um jeden Preis kann wirklich die seelische Insolvenz bedeuten.

Wie bei jedem guten Buch, so war es auch diesmal: Durch die berührende Schilderung der Christiane Singer hatte ich eine Erkenntnis für mich gewonnen, die ich im Grunde zwar schon kannte, aber in der Eile der Tage verdrängt hatte: Ich muss den inneren Reichtum meines eigenen Lebens immer wieder, eigentlich täglich, neu erkennen und schätzen, vor allem die Liebe und den liebevollen Umgang mit den Freunden und auch die traurigen Momente, die zum Leben dazugehören. Alles wegpusten zu wollen ist kein Rezept für Lebensglück. Man kann nur Freude empfinden, wenn man auch Traurigkeit zulassen kann.

Es fällt schwer, mit den späten Jahren klug umzugehen

Meine alte Tante ist einundneunzig Jahre alt. Sie lebt in einer hübschen Stadtwohnung mit Blick auf einen Park. Drei Zimmer – im vierten Stock. 43 Stufen. Wenn ich sie dort besuchte – selten genug, wie ich heute weiß, dann zählte ich diese Stufen immer aufs Neue. Und je nachdem, wie sehr ich oben nach Luft japste, wusste ich um meinen körperlichen Zustand.

Dass meine alte Tante einundneunzig Jahre geworden ist, hat auch mit diesen verdammt vielen Stufen zu tun. »Wenn die Treppe nicht wär', ginge es meiner Hüfte sicher besser«, sagte sie oft.

»Aber ohne diese Treppen wäre ich vielleicht überhaupt nicht so alt geworden, sie haben mein Herz ganz schön auf Trab gehalten«, fügte sie dann meistens hinzu.

Es gibt Momente, da weiß meine Tante gar nicht, ob sie das gut finden soll, dieses lange Leben, dieses Hinwarten auf – ja, worauf eigentlich? Aber darüber mag sie dann nicht sprechen. Sie lässt diesen Gedanken plötzlich ins Leere laufen. Das ist eine große Kunst.

»Ich will nicht klagen, wie geht es dir?«, lenkte sie von sich ab. Das tun alte Leute dann, wenn sie in einem langen schweren Leben jenen Grad von Weisheit erreicht haben, der sie wissen lässt, dass die Menschen sich heute ohnehin nur noch kurzfristig auf ein anderes Schicksal einstellen können.

Meine alte Tante gehört zu der Generation, die es sich nie leicht gemacht hat. Bis vor zwei Jahren schleppte sie beispielsweise ihre Wäschepakete noch selbst in einen Waschsalon.

»Da hatte ich Kontakt mit jungen Leuten, wunderbar«, berichtete sie und strahlte. Sie kam sich »wie im Kino« vor beim Warten, so viele Geschichten erfuhr sie da, während die Trockenschleuder rappelte. Manchmal hat ein junger Mann sich sogar erboten, ihr die Wäsche nach Hause zu tragen: »Die Jugend ist viel freundlicher, als es in der Zeitung steht.«

Meine alte Tante findet unsere Zeit überhaupt nicht so schlimm, wie sie immer beschrieben wird. Vielleicht, weil sie keinen Fernseher hat. »Der schluckt ja doch nur die Zeit wie ein Müllschlucker den Müll.«

Als meine alte Tante vor einiger Zeit mal für einige Wochen in die Klinik musste, war sie ganz niedergeschlagen. »Der Tod scheint mich zu vergessen«, klagte sie, zumal der Rückenschmerz nicht aus ihrem schmalen Körper weichen wollte. Aber dann kamen die Lebensgeister wieder.

Jetzt muss sie noch einmal tapfer sein: In ein paar Tagen bezieht sie ein Appartement in einem Altersheim. »Man hat mir gesagt, es sei nicht auszudenken, wenn mir hier allein in der Wohnung etwas zustößt …«

»Fällt dir der Umzug sehr schwer?«, fragte ich sie – und wusste im selben Augenblick, dass dies die trostloseste Frage war, die mir je einfallen konnte.

»Glaub mir, es ist schon eine Unternehmung, seinen ganzen Haushalt nach so vielen Jahrzehnten aufzulösen, aber es ist meinem Alter entsprechend.« Sie sagte es mit fester Stimme – und ein bisschen Stolz war auch dabei. Als wollte sie mir bedeuten: bloß keine Sentimentalität! »Würden sich alle Menschen ihrem Alter entsprechend verhalten, wäre unser Leben leichter und besser.«

Dieser Satz hörte sich an, als wäre er im Haus der Buddenbrooks gesprochen worden: ein bisschen streng. Aber hat meine alte Tante nicht recht? Wollen wir nicht alle immerzu und immer wieder jünger erscheinen, als wir sind, und wird dadurch nicht alles nur viel schwerer?

Sollte das Wort »entsprechend meinem Alter« irgendwann einmal irgendwo fallen, werde ich bestimmt sofort an meine zauberhafte alte Tante denken, die die geheimnisvolle und schwierige Kunst beherrscht, auch mit den späten Jahren klug umzugehen.

Gegen Grippe Whiskey trinken – bis man zwei Hüte sieht

Ich muss zugeben: Ich habe mich total geirrt. Ich hatte gedacht, mein Immunsystem, von dem heute in allen Publikationen so viel zu lesen ist, in Höchstform gebracht zu haben: winterfest, grippefest, faschingsfest, in jeder Beziehung undurchlässig für jedweden Angreifer, ob Virus oder Bazillus.

Mein persönliches Programm der totalen Immunisierung kannte keine Gnade. Schon frühmorgens zündete ich die ersten hochdosierten Vitaminbomben. Dazu gab es jede Menge Zink, Selen, BetaCarotin, Spurenelemente aller Art. Hinzu kamen pflanzliche Säfte und Pillen, Mistel und Eukalyptus, und auch, zur Abrundung der Prophylaxe, orientalisches und fernöstliches Wunderzeug.

Auch vor Ginseng und Ginkgo biloba machte ich nicht Halt, jede Baumrinde hatte bei mir eine Chance, sodass schließlich ein ganzes Pharma-Symphonieorchester in meinem wintermüden Körper nur eine einzige Melodie spielte, und diese hieß: Nie, nie wieder Grippe!

Und dann? Dann kam sie doch. Irgendwo in der hochgerüsteten Zitadelle muss ein Loch gewesen sein, konnte der Bazillus eindringen. Aber wo geschah es? Im eiskalten Taxi am Flughafen? Hockte der Bazillus in der zugigen Hotelhalle? Hatte mir die Kassiererin im Supermarkt ein Stück von ihrem bellenden Husten mit eingepackt? Oder war es doch die liebevolle Freundin, die mich gerade vor zwei Tagen bei einem Empfang so innig auf die Wangen geküsst hat?

Mit 39,6 Grad Fieber sackte ich, trotz dieser hohen Temperatur schlotternd vor Kälte, in die Kissen, die Grippe, von der ich meinte, dass sie mir in dieser Saison etwas husten könne, hatte mich voll erwischt. Ich musste mich schließlich in mein Schicksal fügen, schwitzte und fröstelte vor mich hin. Nichts konnte mich mehr nach dem hinterhältigen Überfall eines Grippevirus erretten.

In den folgenden Tagen beschloss ich, von der kostenlosen Apothekerzeitung einmal umzusteigen in tiefgründigere Lektüre, um bei den großen Denkern Erleuchtung in der Dunkelheit meiner vergrippten Tage zu finden. Zeit hatte ich ja jetzt genug.

Als Erstes entdeckte ich in den Fragmenten von Novalis die sibyllinische Formel: »Das Wesen der Krankheit ist so dunkel wie das Wesen des Lebens«, was mir zwar sofort einleuchtete und auch meiner miserablen Stimmung entsprach, aber keinerlei Trost bot, den ich so nötig brauchte wie den Hustentee, den mir meine Frau alle Stunde liebevoll ans Krankenlager reichte.

Da war ich bei Altmeister Goethe besser dran, berichtet der Dichterfürst doch am 7. April 1829 von einem Erlebnis, das die wohl entscheidende Frage nach der geistigen Widerstandskraft stellt: »Ich kann aus meinem eigenen Leben ein Faktum erzählen«, so Goethe zu Eckermann, »wo ich bei einem Faulfieber der Ansteckung unvermeidlich ausgesetzt war und wo ich bloß durch einen entschiedenen Willen die Krankheit von mir abwehrte.«

Ich muss sagen: Respekt, Herr Geheimrat, wie Sie ein Problem lösen, das so viel schlimmer klingt als Grippe: Faulfieber – und nix da mit Antibiotika. Nur die Kraft der Gedanken als einzige Waffe.

Aber bei allem Respekt vor den gewaltigen Denkern kann ich mich doch nicht mit all ihren Methoden anfreunden, vor allem nicht mit jener, die der griechische Geschichtsschreiber Plutarch hinterlassen hat.

Dieser Mann berichtet, wie sich der große Cäsar gegen Kränklichkeit verteidigte: »Einfache Lebensweise, ungeheure Märsche, ununterbrochener Aufenthalt im Freien, Strapazen aller Art.« Auch das waren keine Ratschläge, die ich gerne in meiner jetzigen Lage befolgt hätte – auch im gesunden Zustand nicht. Das überlasse ich lieber solchen alten Kämpfernaturen, wie eben Cäsar einer war.

155

Meine Lektüre der Weisheiten weiser Menschen zum Thema Krankheiten zeigte mir in der Summe, dass viele Wege nach Rom führen – und zurück. Das Rezept vom Leibarzt der Königin Victoria, das todsicher Linderung bei Grippe bringen soll, sei am Schluss nicht verschwiegen, auch wenn es nicht zur Nachahmung empfohlen wird: »Man lege sich ins Bett, hänge seinen Hut ans Fußende und trinke so viel Whisky, bis man zwei Hüte sieht.«

Geständnisse eines studierten Hypochonders

Ich bin ein leidenschaftlicher Hypochonder. Schon beim kleinsten Zipperlein zittere ich. Hypochonder haben nach Knaurs Lexikon eine erhöhte seelische Bereitschaft für körperliche Leiden. Und die Endstation auf diesem unseligen Weg ist – nicht nur bei Molière – der »eingebildete Kranke«. Aber ganz so weit bin ich noch nicht. Ich kämpfe noch.

Da auch bei dieser Schlacht um die Gesundheit Wissen nun einmal Macht ist, verschlinge ich alles, was über Medizin gedruckt wird. Keine Gratisbroschüre in Apotheken ist vor mir sicher. Und im Fernsehen bin ich dabei, wenn Deutschlands prominente TV-Ärztin Antje Kühnemann zum Diskurs mit Experten einlädt. Das verstehe ich unter Grundversorgung.

Natürlich zapfe ich auch selbst Quellen an. Bestelle Infos von den berühmtesten Universitäten. Lese von Gürtelrose über Sodbrennen bis zu Nierensteinen alles. Aber der Preis ist hoch: Ich finde mich plötzlich im Dickicht der Koryphäen wieder, die manchmal auch als »Fachidioten« beschimpft werden.

So dachte ich, Zink sei das Mittel der Wahl, wenn es um meinen frühherbstlichen Schnupfen geht. Zink bringe mein Immunsystem auf Touren wie ehemals Schumi seinen Ferrari, Zink sei der Motor gegen Killerzellen. Und nun?

Nun lese ich in Mitteilungen der kalifornischen Universität Berkeley, dass Patienten, die Zink einnehmen, genauso lange herumhusten wie jene, denen man nur ein Placebo in den Mund schiebt – so eine Art Gummibärchen der Medizin.

Ein anderes Beispiel im Verwirrspiel: die Vitamine, die ich mir als studierter Hypochonder natürlich gönne. Die tägliche Ein-Gramm-Bombe schirmt mich ab – gegen alles. Dachte ich.

Und was sagt nun Berkeley? Berkeley gießt kalifornischen Wein in meinen Brausetrank. So lesen meine durch zu viel Vitamin A getrübten Augen, dass derjenige, der täglich 200 bis 400 Milligramm Vitamin C zusätzlich schluckt, damit die Konzentration dieses Vitamins im Körper »kaum beeinflusst«. Zu viel aber sollte man mit Rücksicht auf seine Nieren auch nicht schlucken.

Unter dem Trommelfeuer solch widerstreitender Medizininformationen gehe ich langsam in die Knie, wo sich übrigens erstes leichtes Rheuma meldet. Und keiner verrät mir das gültige Rezept dagegen. Grüner Tee, literweise? Oder die wohlige Heizdecke? Oder der Eisbeutel? Gymnastik ja, Joggen nein?

Das Schlimmste an dieser Dauerlektüre ist: Man erfährt plötzlich von Krankheiten, die man nie im Blickfeld hatte. Neues, Bedrohliches der unbekannten Art.

Die größte Mutprobe steht dem Hypochonder bevor, wenn er die »Nebenwirkungen« studiert. Dass zum Beispiel mein Blutdrucksenker, eine unscheinbare Tablette von der Größe einer Viertel Erbse, mir Bewusstseinsverlust, Sehstörungen, Schlaganfall und akutes Nierenversagen bescheren kann, hätte ich dem Winzling wirklich nicht zugetraut.

Manchmal denke ich, ich sollte aufhören, alles über Krankheiten zu lesen. Denn wer süchtig nach Gesundheit ist, der ist auf eine andere Weise vielleicht auch krank, nicht wahr? Aber ob ich es schaffe, weiß ich nicht. Vielleicht sollte ich mich mehr auf das Leben konzentrieren.

Peter Bachér
Liebe jeden Augenblick

*Peter Bachérs klare Botschaft in diesem Buch
ist, das Leben in jedem Moment auszukosten,
besonders in einer Zeit voll Unsicherheit und
sich wandelnder Werte.*

Liebe und Menschlichkeit, Freundschaft und
Vertrauen – für Bestsellerautor Peter Bachér
sind sie der Sinn unseres Seins. Seine ein-
dringlichen Beobachtungen und seine klaren
Botschaften sind verwoben mit der vertrauten
Lebenswirklichkeit seiner Leser. Ihnen widmet
er seit Jahrzehnten meisterhafte Kolumnen
voll lebenskluger Nachdenklichkeit und ohne
jegliche Sentimentalität.

»Peter Bachér schenkt beherzigenswerte
Anleitungen, das kurze Dasein persönlich zu
leben und zu lieben.«   *Die Welt*

167 Seiten, ISBN 978-3-7844-3130-7

Langen*Müller*
www.langen-mueller-verlag.de